Kerstin Lange
Grasträume
Christof Maria Breuckmann ermittelt

Kerstin Lange schreibt Kriminalromane, Kurzgeschichten und ist als Dozentin, Herausgeberin, Schreibgruppenleiterin und Sprecherin tätig.
Einige ihrer Geschichten sind mit Preisen ausgezeichnet worden. Nach Stationen im Oberbergischen und Sauerland, am Niederrhein und in der Pfalz, lebt sie heute mit Mann und Hund in Düsseldorf.
www.kerstinlange.com

KERSTIN LANGE

GRASTRÄUME

KRIMINALROMAN
Der erste Fall für Christof Maria Breuckmann

Bibliografische Information der Deutschen Nationalbibliothek:
Die Deutsche Nationalbibliothek verzeichnet diese Publikation in der Deutschen Nationalbibliografie; detaillierte bibliografische Daten sind im Internet über http://dnb.dnb.de abrufbar.

Buchcover: Covergestaltung © Traumstoff Buchdesign
traumstoff.at
Covermotiv © Atomazul shutterstock.com
Herstellung und Verlag: BoD – Books on Demand, Norderstedt
ISBN: 978-3-7386-2065-8

Wer unsere Träume stiehlt, gibt uns den Tod.
(Konfuzius)

EINS

Christof Maria Breuckmann kickte einen Tannenzapfen aus dem Weg und dachte an den Werbeslogan: Wir machen den Weg frei! Wenn doch alles nur so einfach wäre und Probleme mit einem einzigen Tritt aus der Welt geräumt werden könnten.

Er vergrub seine Hände tief in die Hosentaschen und schlenderte mit gesenktem Kopf weiter. Das Mondlicht reichte, um nicht vom Weg abzukommen. Sein Ziel war der Holzsteg an der Rur, wo er früher mit Sabine gesessen und in Vollmondnächten wie diesen, in den Sternenhimmel geschaut hatte. Dabei hatten sie über ernste Themen diskutiert oder herumgealbert. Wenn es die Temperaturen zugelassen hatten, schwammen sie nackt im Wasser und liebten sich später, ohne sich zu kümmern, ob sie jemand beobachtete.

Die Erinnerungen schmerzten körperlich.

Er nahm eine Zigarette aus der Schachtel und zündete sie an. Das Inhalieren half, seine Gedanken zu sortieren. Morgen würde er den Campingplatz verlassen und endlich in Richtung Bretagne aufbrechen. Was hatte ihm der Zwischenstopp in der Eifel gebracht? Bis auf Frust, einen handfesten Streit und eine schmerzhafte Beule nichts. Nostalgie, Spurensuche – was für ein Unsinn. Er sollte sich der Realität stellen: Er war arbeitslos und Single. Und sich nicht sicher, was ihn mehr traf.

In der Nähe quakte ein Frosch, ansonsten war es still. Christof genoss die nächtliche Ruhe die kühle, frische

Luft, die ihm half, die ständigen Grübeleien zu unterlassen.

Er zog ein letztes Mal an der Zigarette, warf die Kippe auf den Boden und trat sie aus. Seine Hände griffen in die Hosentasche und berührten das Handy. Er zögerte, es herauszuziehen. Der Drang, zum wiederholten Male E-Mails zu checken, in der Hoffnung, Sabine hätte geschrieben, war übermächtig. Keine E-Mail, keine Whatsapp, keine Nachricht auf dem Anrufbeantworter. Sie würde sich nicht melden. Nie mehr. Er spielte kaum noch eine Rolle in ihrem Leben, er war ausgetauscht worden, hatte Platz für einen anderen schaffen müssen. Es war höchste Zeit, dass er sich an seine Situation gewöhnte.

Dennoch überlegte er, wie Sabine reagieren würde, wenn er sie jetzt, mitten in der Nacht, anriefe, um ihr mitzuteilen, dass er sich ihretwegen geprügelt hatte. Hätte sie Mitleid mit ihm? Käme sie und würde ihn trösten wollen?

Er schüttelte den Kopf, kickte den nächsten Zapfen zur Seite und fluchte. Diese Träumereien brachten ihn keinen Schritt nach vorne, sondern zogen ihn nur noch tiefer in eine Grube aus Selbstmitleid. Zudem durfte er sich nicht von jedem dahergelaufenen Mann provoziert fühlen, bloß weil eine Ähnlichkeit mit Sabines neuem Partner bestand. Christof musste seine Wut in den Griff bekommen, sonst passierten mehr solcher Prügeleien oder Schlimmeres. Wie ihn die anderen angeschaut hatten, als er diesen vor Testosteron strotzenden Typen an der Theke gereizt und immer wieder über die zu weite Jeans gelästert hatte.

Christof lachte kurz auf. Im Nachhinein waren seine Sticheleien weder lustig noch schlagfertig gewesen.

Jetzt, halbwegs nüchtern, ärgerte er sich über sich und sein Verhalten. So albern konnte sich auch nur ein abgewiesener Liebhaber benehmen. Das nannte man wohl verletzten Stolz. Der nächste Tannenzapfen musste dran glauben.

Der Weg zum Fluss führte ihn an einem speziellen Wohnwagen vorbei. Er blieb einen Moment stehen und verzog den Mund zu einem Grinsen. Der Besitzer hatte einen Zaun um seine Parzelle gebaut, einen roten Teppich bis zum Vorzelt ausgelegt und Blumenkästen mit Geranien bepflanzt. Ein Fenster war gekippt und die Stimme eines Fernsehmoderators drang nach draußen, gefolgt von dem Zischen eines Kronkorkens. Ins Innere sehen konnte Christof nicht, denn dunkle Vorhänge versperrten die Sicht. Campingplatzidylle, dachte er. Obwohl, gegen ein Bier hätte er nichts einzuwenden, seine Vorräte im Wohnmobil waren aufgebraucht. Er näherte sich dem Fluss und die Luftfeuchtigkeit nahm zu. Ihm war kalt, trotz des Strickpullovers, und er verschränkte die Arme vor der Brust. Plötzlich stolperte er. »Verdammt, was ...«

Er stockte und beugte sich, um nachzusehen, was ihn beinah zu Fall gebracht hatte. Eine Hand. Seine Augen registrierten einen menschlichen Arm, auch wenn sein Gehirn sich weigerte, den Sinn des Gesehenen zu verstehen. Vor ihm lag ein Mann, dessen linke Hand auf den Gehweg ragte. Am Mittelfinger glänzte ein schmaler Goldring. Christofs Blick wanderte weiter zu einer Schulter, bis zu einem Gesicht. Er schluckte. Den Mann kannte er. Mit ihm hatte er vor ein paar Stunden gestritten und gekämpft. Sascha hieß er, mehr wusste er nicht von ihm.

Christof kniete sich neben ihn, nahm die fremde Hand, suchte einen Puls. Er spürte nichts. Sicherheitshalber legte er seine Finger an die Halsschlagader, wieder ohne Ergebnis. Christof blickte auf die Füße, die in weißen Sneakern steckten. Die Hosenbeine der Jeans hatten sich bis zu den Oberschenkeln mit Wasser vollgesogen. Es gab keinen Zweifel: Der Mann war tot.

Christof stand auf, strauchelte, fühlte sich wie betäubt. Er hatte noch nie einen Leichnam gesehen. Zwar schaute und las er gerne Krimis, doch die Realität sah anders aus. Plötzlich schoss ihm ein Gedanke durch den Kopf, der ihn schaudern ließ. Was, wenn ihn jemand mit dem Toten hier im Dunkeln entdecken würde? Glaubte man ihm, dass er ihn so gefunden hatte? Nach der Prügelei? Zu Recht würde man an seiner Darstellung zweifeln.

Er schluckte. Der Kälteschauer wich einer Hitzewelle. Vor ein paar Stunden waren sie wie wild aufeinander losgegangen. Bereit, sich bis aufs Blut zu prügeln. Und jetzt lag sein Gegner tot vor ihm. Er horchte in die Dunkelheit, doch es blieb still.

Normale Menschen gingen um diese Uhrzeit nicht spazieren. Sie saßen vor dem Fernseher oder lagen im Bett. Wie sollte er erklären, was er mitten in der Nacht hier wollte? Wieder starrte er auf die Leiche, vergrub seine Hände in den Hosentaschen und berührte sein Handy. Er zog das Telefon heraus, ignorierte den Impuls, E-Mails zu checken. Stattdessen blickte er zum Himmel. Das Mondlicht sollte für ein paar Fotos ausreichen. Er fotografierte das Gesicht, den gesamten Körper und die nähere Umgebung, ebenso wie das Flussufer.

Christof war sicher, dass diese Aufnahmen belegen würden, dass er nichts mit Saschas Tod zu tun haben könnte. Nur für den Fall, dass man ihm nicht glauben sollte. Sein neues Smartphone verfügte über eine exzellente Kamera, mit hoher Auflösung und Blitz. Die Bilder konnte man notfalls vergrößern und anhand dessen nachweisen, dass er unschuldig war. Zumindest konnten das alle Ermittler in den US-Fernsehserien, die er so gerne schaute.

»Was machen Sie da?«, hörte er plötzlich eine Stimme hinter sich. Christof drehte sich um und sah einen älteren, untersetzten Herrn, mit Bierflasche in der Hand, vor sich.

»Was tun Sie hier, mitten in der Nacht? Was fotografieren Sie da? Wollen Sie die Gegend ausspionieren? Bei uns gibt es nichts zu holen!«, rief er leicht lallend. Dann wandte er seinen Kopf in Richtung Boden und sein Blick fiel auf die Leiche. Abwechselnd schaute er auf Christof, das Handy in dessen Hand und den Toten auf der Erde.

»Der ist tot«, stellte er fest, als er sich zu dem Leichnam auf den Boden gekniet hatte und den Puls gefühlt hatte. »Was haben Sie mit Sascha gemacht? Jetzt erkenne ich Sie auch. Hat Ihnen der Streit vorhin nicht gereicht? Mussten Sie ihn umbringen?« Er baute sich drohend vor Christof auf, schwankte aber gewaltig und verlor beinah das Gleichgewicht. Seine Bierfahne war enorm.

Christof drehte den Kopf zur Seite und hob beschwichtigend die Hände. Er ging einen Schritt auf den Mann zu, setzte zu einer Erklärung an, wollte den Fremden bitten, den Campingplatzbetreiber, Notarzt und Polizei zu informieren. Dazu kam es nicht. Bevor

Christof ein Wort herausbekam, traf ihn eine Faust am Kopf und er ging zu Boden.

Er wusste nicht, wie lange er bewusstlos auf dem Boden gelegen hatte. Im Moment schien ihm diese Lage am sinnvollsten. Sobald er versuchte, sie zu ändern, folgten heftige Kopfschmerzen.

»Er wird wach.«

Christof kam die Stimme bekannt vor, konnte sie jedoch nicht zuordnen. Männlich, nicht mehr jung. Der Fremde redete weiter. »Musstest du so fest zuschlagen? Das hätte auch schiefgehen können!«

Christof registrierte, dass der Mann nicht mit, aber über ihn redete und hätte gerne gewusst, was passiert war.

»Was sollte ich denn machen? Ich war doch ganz alleine hier. Nee, nee, da bin ich auf Nummer sicher gegangen und hab ihn außer Gefecht gesetzt. Wer weiß, was der mit mir gemacht hätte. Der hat schließlich den Sascha umgebracht.«

Diese Stimme kannte Christof ebenfalls und wusste sogar, wem sie gehörte. Das war der Mann mit der Bierflasche, der ihn beim Fotografieren überrascht hatte. Langsam kamen die Erinnerungen zurück. Glaubte man wirklich, dass er …? Christof schüttelte den Kopf, was er sofort bereute. Ein heftiger Schmerz durchfuhr ihn. Bis jetzt hielt er die Augen geschlossen, ganz langsam traute er sich, sie zu öffnen. Es blieb dunkel, bis ihn der Strahl einer Taschenlampe traf. Er blinzelte.

»Christof, endlich. Kannst du aufstehen? Der Arzt kommt gleich. Die Polizei auch. Vorsichtig, nicht so voreilig.« Christof versuchte, zu lächeln. Werner, sein Freund, half ihm auf. Jetzt würde sich alles aufklären.

Er spürte die Feuchtigkeit und Kälte, die an ihm hochkroch und zitterte. Werner legte eine Decke um Christofs Schultern. Dankbar lächelte er und schaute sich um. Irritiert über die vielen Menschen, die in Grüppchen standen und sich angeregt unterhielten, fühlte er sich verloren. Vereinzelt drangen Satzfetzen an seine Ohren. »Der Reihe nach«, verstand er. »Der Arzt ist unterwegs. Erzähl von vorne, Jupp. Fürs Protokoll.«

»Das ist ein Perverser.« Der Mann, den sie Jupp nannten, schnaubte. Christof wollte widersprechen, doch er kam nicht zu Wort.

»Ich sitze entspannt in meinem Wagen und schaue noch eine Talkshow, auf dem Ersten. Kommen ja sonst immer nur Wiederholungen um die Zeit. Kann eh nicht schlafen. Hatte mir gerade ein Bier aufgemacht.« Irritiert, dass er die Flasche noch immer in der Hand hielt, trank er einen großen Schluck und wischte sich mit dem Handrücken den Mund trocken, bevor er fortfuhr. »Da waren dann auf einmal diese Lichter. Blitze. Ich dachte, weiß Gott, was das ist! Richtig unheimlich. Ein Gewitter konnte es ja nicht sein. Diebe? Einbrecher? Kenne ja keine Angst. Ich nehme es mit jedem auf. Bin rausgegangen, den Lichtblitzen folgend. Sehe plötzlich diesen Perversen, wie er Fotos von dem Mann auf dem Boden schießt. Schließlich habe ich ihn erkannt. Die beiden hatten Streit in der Kneipe am Abend. Dann hat er ihm aufgelauert und ihn erschlagen.«

»Bar«, unterbrach Werner Jupps Erzählung. Jupp starrte ihn verwirrt an.

»Was?«

»Ingeborg besteht auf Bar. Oder Bistro. Oder Restaurant. Aber Kneipe ist ihr zu primitiv.«

Jupp schaute Werner skeptisch an, nickte trotzdem. »Er hat ihn umgebracht und Beweisfotos geschossen. Ein Trophäensammler! Hab ich schon mal im Fernsehen gesehen, so ein amerikanischer Krimi. Aber dass das hier bei uns, in der Eifel ... Im ersten Moment wusste ich nicht, was ich machen sollte und habe ihn schachmatt gesetzt. Damit er nicht verschwindet, wenn ich dich hole, Werner.« Jupp nickte selbstzufrieden und trank noch einen Schluck aus der Flasche.

»Du hast ihn k. o. geschlagen und ihn an der Schläfe verletzt. Es scheint aber nicht so schlimm zu sein. Ich kenne Christof, der bringt keine Menschen um und ist auch kein Abartiger. Du siehst zu viel fern.« Dann wandte er sich wieder an Christof und tätschelte ihm die Schulter. »Mensch, was machst du denn für Sachen? Hast du Schmerzen? Gleich kommt der Arzt. Rudi hat den Kollegen Bescheid gegeben. Dann kannst auch du erzählen, was passiert ist.«

Christof ignorierte seinen schmerzenden Körper, den bohrenden Kopfschmerz. »Dieser Mensch hat mich niedergeschlagen«, klagte er und zeigte mit dem Finger auf Jupp im Rippenhemd mit Bierflasche in der Hand. »Völlig grundlos«, fügte er hinzu. »Er fragte mich ...« Er stockte, versuchte, sich weiter zu erinnern. »Er hat mich beschuldigt, den Jungen ...« Er drückte mit seinen Fäusten fest gegen die Schläfen. »Ich bring doch niemanden um!«, presste er hervor.

Ein Mann in Polizeiuniform näherte sich und stellte sich als Rudi Wappenschmidt vor. Christof hatte ihn am Abend in der Kneipe gesehen. Nur hatte er da Stoffhose und Strickpullover getragen.

»Sie sind Christof Maria Breuckmann?«, fragte er und wartete Christofs Nicken ab, bevor er weitersprach.

»Jupp hat Sie gefunden, als Sie die Leiche fotografierten. Sie müssen zugeben, das wirkt befremdlich. Außerdem haben Sie ein paar Stunden vorher mit dem Opfer heftig gestritten. Jetzt liegt er tot am Ufer der Rur. Was sollen wir denn glauben? Erzählen Sie uns der Reihe nach, was aus Ihrer Sicht passiert ist.«

Seine Stimme dröhnte in Christofs Ohren, klang beschuldigend, vorwurfsvoll. Christof blickte den Polizisten eindringlich an. Er hatte den Streit geschlichtet und sie voneinander getrennt. Christof zwang sich, den Kopf gerade zu halten. Bewegungen, egal welcher Art, verursachten Schmerzen und Schwindel. Er stützte sich an einem Baum ab, um Halt zu finden. Er drehte sich um, lehnte den Rücken an und schloss die Augen. Konzentriert suchte er nach Formulierungen, um genau zu erklären, wie er Sascha gefunden hatte.

»Ich wollte nur noch eine Zigarette rauchen, weil ich nicht schlafen konnte.« Er überlegte an jedem Wort, das er sagte. »Wer kann denn ahnen, dass auf einmal ein Toter vor mir liegt? Als ich ihn erkannte, habe ich Panik bekommen. Ich hatte Angst, dass man mir nicht glaubt, dass ich Sascha so gefunden habe.« Er öffnete die Augen und schaute, wie seine Worte ankamen.

Jupp blickte böse, der Polizist immer noch kritisch und Werner mitfühlend.

»Ich wollte alles richtig machen. Dachte, es sei eine gute Idee, den Ort zu fotografieren. Damit ich belegen kann, dass ich nichts damit zu tun habe. Danach wollte ich Werner holen. Sascha war ja nicht mehr zu helfen, er hatte keinen Puls mehr.«

»Sie haben ihn berührt?« Der Ton des Polizisten veränderte sich, wurde eine Spur anklagender.

»Ich musste doch wissen, ob er noch lebt. Deshalb hab ich am Handgelenk und am Hals ...« Immer schneller drangen die Worte aus ihm heraus, seine Stimme klang piepsend, überschlug sich. Er hustete, begann neu. »Aber ich war das nicht. Ich habe mit seinem Tod nichts zu tun. Das müssen Sie mir glauben. Ich habe doch nur ... Ich wollte ...«

Sein Versuch, aufzustehen, um seinen Worten mehr Glaubwürdigkeit zu vermitteln, ging schief. Er hob den Kopf, hielt aber inne, als ihn ein stechender Schmerz durchfuhr. An weitersprechen war nicht zu denken. Der Schwindel nahm zu und erneut versank Christofs Umgebung im Dunkeln.

ZWEI

Die Gaststätte auf dem Campingplatz »Eifelglück« existierte seit den Sechzigerjahren. Seit dieser Zeit hatte sie viele Veränderungen erlebt. War sie zu Beginn ein kleiner, quadratischer Raum gewesen, ausgestattet mit Kunststofftischen und Plastikstühlen, erstrahlte das Zimmer nun in verschiedenen Holz- und Farbtönen und passenden Wanddesigns. Ingeborg Donner hatte wochenlang geplant, um dem Gastraum ein anderes, moderneres Design zu verpassen. Letztendlich ließ sie ein paar Wände einreißen, einen neuen Bodenbelag verlegen und eine nussbaumverkleidete Theke einbauen lassen. Vor einer Woche war die letzte Renovierung abgeschlossen worden und Ingeborg hatte das als Anlass genommen, mit ihrer Freundin ein paar Tage weggefahren, um sich zu erholen. Wellness, zum Krafttanken, hatte sie gesagt.

Heute Nachmittag kam sie nach Hause. Werner Donner begutachtete das Werk seiner Frau. Lila Wände, ein Wandtattoo »Träume nicht dein Leben, lebe deine Träume« mit ein paar floralen Verzierungen. Ludmilla, die polnische Aushilfe, wischte gerade die Tische, legte eine Mitteldecke farblich passend in lila-weiß kariert auf und platzierte eine kleine Vase mit einer lila Plastikrose mittig darauf. Ihrem Chef stellte sie eine dampfende Tasse Kaffee hin und lächelte.

»Schön ist es geworden. Die Gäste werden es lieben«, sagte sie. Ihr harter polnischer Akzent stand im krassen

Gegensatz zu ihrer sanften Stimme und ihrem mädchenhaften Aussehen.

Da bin ich mir nicht sicher, dachte Werner. Im Moment gab es nicht viele Gäste, die sich hier aufhielten. Das sah in den Sommermonaten zum Glück anders aus, doch im Oktober reichte es, wenn sie nur diesen Gastraum betrieben. Den angrenzenden Saal nutzte die Theatergruppe zum Proben ihrer Stücke. In drei Wochen war es so weit. Dann wurde der Eifler Schwank »Fünf Flaschen« aufgeführt. Eine Komödie über die Zeiten des Schwarzbrennens. Werner war voller Vorfreude, daran änderte auch ein Toter auf seinem Campingplatz nichts.

»Was für eine Nacht! Früher brauchte ich keinen Schlaf, aber heute fühle ich mich mit nur zwei Stunden um zehn Jahre gealtert. Wann hat das angefangen? Dieses Altwerden? Nichts mehr gewohnt sein, nichts mehr aushalten können?« Er erwartete keine Antwort.

Er trank den Kaffee, verzog das Gesicht. »Ludmilla, du hast den Zucker vergessen.«

»Zucker ist nicht gut. Hat Ingeborg mir aufgetragen, darauf zu achten. Kaffee nur ausnahmsweise, wegen letzter Nacht.« Zum Glück waren keine Gäste da. Ludmillas Satz hätte man auch missverstehen können, dachte er schmunzelnd. Neben ihm saßen Jupp Breuer und Rudi Wappenschmidt auf den Hockern an der Theke. Beide blickten ebenso andächtig auf ihre Kaffeepötte und grinsten vor sich hin. Ingeborg hatte das Sagen, auch wenn sie nicht da war.

»Weiß noch gar nicht, wie ich das Ingeborg beibringen soll. Die hatte den Jungen so gern.« Werner schaute die anderen an, doch keiner antwortete.

»Wie ist das denn nun passiert?«, fragte Ludmilla. »Was wollte Sascha denn mitten in der Nacht am Wasser? Vielleicht sollte ich es ihr sagen, dann ist der Schock nicht so groß.«

Rudi Wappenschmidt holte Luft und nahm einen großen Schluck Kaffee, bevor er antwortete. »Die Untersuchungen laufen noch. Die Kollegen glauben auch, dass der Junge unglücklich gefallen ist. Selbst der Arzt vermutet einen Unfall. Ich denke, Sascha muss ausgerutscht sein. Kein Wunder, diese Sportschuhe sind ja nicht das richtige Schuhwerk für Spaziergänge an einem Ufer. Kaum Profil. Und dann auch noch im Dunkeln.« Er schüttelte den Kopf. »Es scheint, er hat sich den Kopf am Steg aufgeschlagen. Die Kollegen haben ein paar Haare gefunden. Dieser Breuckmann hat vermutlich nichts damit zu tun, außer dass er den Jungen gefunden hat. Was Sascha da wollte, ob er nur spazieren war, oder was auch immer, wissen wir nicht.«

»Was für eine Katastrophe«, sagte Ludmilla. »Zum Glück sind um diese Zeit nicht so viele Besucher auf dem Platz. Kaum auszudenken, wie die Gäste reagieren würden.«

»Ja.« Wappenschmidt streifte Jupp mit einem bösen Blick. »Beinahe hätten wir auch noch einen zweiten Toten gehabt. Du hättest nicht so zuschlagen müssen, Jupp. Dieser Christof wollte wahrscheinlich nur alles richtig machen, um genau Auskunft geben zu können. Deshalb hat er alles fotografiert. Das ist so ein Hundertprozentiger. Großstadt halt. So etwas macht doch keiner, wenn er gerade einen umgebracht hat.« Er trank wieder einen großen Schluck. »Ich hole ihn gleich aus dem Krankenhaus ab. Dann hab ich ihn unter Aufsicht. Besser ist besser. Der Verdacht auf eine schwere Gehirnerschütterung bei ihm hat sich nicht bestätigt. Wenn der einen halben Meter weiter auf die Holzkante ...« Er brach ab. Werner nickte.

»Mach das, Rudi. Sie haben ihn ins Kreiskrankenhaus gebracht.«

Wappenschmidt murmelte zustimmend.

Werner wandte sich an Jupp. »Und du solltest dich bei Christof entschuldigen. Das ist das Mindeste. Er ist kein richtiger Großstadtmensch. Der ist hier geboren, ich kannte seine Eltern. Als Kind haben die ihn und seine Schwester nach Düsseldorf entführt.«

Jupp brummte nur und rührte mit dem Löffel in seinem Kaffeepott. »Was hättet ihr denn gedacht? Und wenn ich es richtig verstehe, ist seine Unschuld nicht bewiesen. Die Ermittlungen laufen. So heißt das doch, oder?«, wandte er sich an Rudi. Der nickte und Jupp fuhr fort. »Und woher sollte ich wissen, dass das ein Eifler Jung ist? Hat mir keiner gesagt. Die sind sich doch ein paar Stunden vorher noch an die Gurgel gegangen. Warum eigentlich? Weiß das jemand?«

Werner nickte bedächtig. »Christof hat es mir erzählt. Sascha sieht, nein, sah dem neuen Freund seiner Exfreundin ähnlich. Sie hat ihn vor Kurzem verlassen. Er kommt nicht drüber hinweg. Außerdem hatte er ein paar Bier zu viel, sah rot und glaubte für einen Moment, er haut seinem Nebenbuhler auf die Nase.«

Ludmilla setzte sich zu den Männern an der Theke und nahm eine Kaffeetasse. Sie füllte sie mit der braunen Flüssigkeit aus der ebenfalls neuen Isolierkanne. Drei Kaffeesahnekapseln öffnete sie nacheinander, wobei ihr das Kunststück gelang, nicht einen Tropfen zu verspritzen. Wappenschmidt stieg vom Barhocker, stellte sich hin und strich seine Uniform glatt.

»Ich fahre jetzt mal. Von Amts wegen muss ich ihn noch als Verdächtigen betrachten.«

Ludmillas Blick hätte töten können. »Was für ein Unsinn. Der ist kein Mörder. Ihr seid doch alle völlig verrückt.« Sie beseitigte imaginäre Staubfusel. »Ich koche ihm etwas Gutes. Aus meiner Heimat. Echt polnisch: Bigos«, sagte sie. »Essen hilft immer. Für alles Gute und gegen alles Böse. Wusste meine Oma schon.« Noch bevor jemand etwas erwidern konnte, verschwand sie in der Küche.

»Was ist das? Bigos? Hab ich noch nie gehört«, sagte Wappenschmidt.

Werner verzog das Gesicht. »Sauerkraut, stundenlang gekocht, mit fettem Speck. Mir graut es vor dem Geruch. Muss man mögen.« Er grinste gequält. »Bin froh, wenn Ingeborg wieder da ist.«

»Was ist das eigentlich für ein Unsinn? Wieso braucht deine Frau einen Wellnessurlaub? Sie ist doch ganz ansehnlich für ihr Alter. Wo ist sie eigentlich genau?«

»Amsterdam. Irgend so ein Wellness- und Schönheitstempel. Nach der vielen Arbeit hier. Und auf Ludmilla ist Verlass, sie hat alles im Griff.«

Wieder kam Werners Lächeln nicht von Herzen. Er wandte sich ab und stapelte ein paar Zeitschriften, die auf einem Regal lagen, neu. Niemand sollte bemerken, wie unwohl ihm beim Gedanken an Ingeborgs Reise war. Gestern hatte sie sich wieder nicht gemeldet, ebenso wenig war sie bei seinen unzähligen Versuchen, sie zu erreichen, ans Telefon gegangen. Früh am Morgen hatte sie ihm eine SMS geschickt, in der sie ihm mitteilte, dass es ihr gut gehe und er sich keine Sorgen machen brauche. Egal, was er von ihr wolle, es könne warten, bis sie nach Hause käme. Er verzichtete, sie anzurufen. Ihre

Aussage war klar: Lass mich in Ruhe. Warte, bis ich da bin. Es war besser für den Hausfrieden, Ingeborgs Wünsche zu respektieren, das hatte er in all den Jahren gelernt.

Wie er ihr die Nachricht von Saschas Tod beibringen sollte, wusste er noch nicht. Sie hatte den Jungen sehr gemocht und ihm den leerstehenden Wohnwagen überlassen, als er Zuhause rausgeflogen war. Seit Wochen hauste er darin, und hatte keine Anstalten gezeigt, sich etwas anderes zu suchen. Werner hasste solche Nassauer und war mit Ingeborgs Entscheidung nicht einverstanden.

Sah sie in Sascha den Sohn, den sie nie gehabt hatte? Obwohl Ingeborg nie Kinder haben wollte. Muttergefühle sahen ihr nicht ähnlich. Aber vielleicht andere, fügte sein Unterbewusstsein hinzu. Er stöhnte leise. Es war modern, dass ältere Frauen auf jüngere Männer standen. Sah das seine Ingeborg genauso?

Ihm wurde bewusst, dass er keine Ahnung hatte, was in ihr vorging. Über Gefühle sprachen sie nicht. Was wusste er von ihren Sehnsüchten, was wirklich in ihr vorging? Er schüttelte den Kopf, verbot sich jede Spekulation in diese Richtung.

D R E I

»Ich entlasse Sie ungern. Nur auf eigene Verantwortung. Autofahren und Aufregung sollten Sie meiden.« Der Arzt sprach abgehackt, als habe er keine Zeit, einen Satz zu Ende zu sprechen. Keine Begrüßung, kein Vorgeplänkel. Er wirkte gehetzt, sah seinen Patienten nicht an, während er die Untersuchungsergebnisse ablas. Christof schloss die Augen. Das nervte alles. Er war im falschen Film, in einem Paralleluniversum. Er wollte Ruhe, nach Hause. Nein, korrigierte er sich in Gedanken, nicht nach Hause. Ins Wohnmobil. Im engen Raum der »Wanderschnecke«, wie er sein temporäres Heim nannte, fühlte er sich geborgen und beschützt. Die kahlen Wände des Krankenhauszimmers, das als einzigen Schmuck über einen Kalender mit Blumenfotos und ein Kreuz verfügte, deprimierten ihn. Der Geruch nach Desinfektionsmittel stieß ihm unangenehm auf. Die aufgesetzte Fröhlichkeit der Schwester, ihr viel zu lautes »Wie geht es uns denn heute?«, nervten ihn. Und die schrille Stimme des Arztes schmerzte in seinen Ohren. Aber aufmerksam war dieser dennoch, wie sein nächster Satz bewies.

»Wird Ihnen schwindelig? Ist Ihnen nicht gut? Ich habe doch gesagt, es ist zu früh. Sie bleiben hier.«

»Mir geht es gut. Alles bestens.« Christof richtete sich auf und strahlte den Mediziner an. »Wirklich«, versicherte er. Ein letzter, abschätzender Blick des

Mannes im weißen Kittel und ein resignierendes: »In Ordnung. Werden Sie abgeholt?« Christof nickte und dachte an das Telefongespräch mit Werner. »Kein Problem, wir holen dich, mein Jung. Ehrensache.« Wer auch immer *wir* sein sollte. Er unterschrieb eine Erklärung, schaute nicht so genau hin und wartete, dass er endlich gehen konnte.

Solange der Arzt im Zimmer war, riss sich Christof zusammen und strahlte Zuversicht aus. Das änderte sich schlagartig, als die Tür hinter dem weißen Kittel zufiel. Die Tabletten wirkten nicht und sein Kopf schmerzte ohne Unterbrechung. Die leichte Übelkeit schob er auf seine Krankenhausphobie. Die Gerüche nach Reinigungsmittel, Medizin und Desinfektionsmittel verband er mit Tod und Vergänglichkeit, sie setzten ihm zu und verursachten Schwindel. Außerdem verstand er noch immer nicht, was eigentlich passiert war. Er war sich keiner Schuld bewusst, hatte es nur gut gemeint. Es war ihm unbegreiflich, dass man ihn für einen Mörder halten konnte. Ausgerechnet ihn! Verkehrte Welt. So hatte sich Christof seine Auszeit nicht vorgestellt. Und dann stieß er natürlich auf die Frage aller Fragen, auf die letztendlich alles in den vergangenen Wochen hinauslief.

Was hatte er verbrochen, dass nichts mehr gelang? Alles schieflief? Keine Freundin, kein Job. Sogar sein langersehnter Urlaub begann mit einer Katastrophe.

Dabei hatte er geglaubt, seine Pechsträhne sei vorbei, es könne nicht mehr schlimmer kommen. Und dann stolperte er über einen Toten. Damit nicht genug, er wurde irrtümlich für einen Mörder gehalten und k. o. geschlagen Wie böse konnte das Schicksal sein?

Die Tür wurde aufgestoßen und eine Schwester sah herein. »Sie können gehen, Herr Breuckmann.« Ihre Stimme klang weder nett noch freundlich, eher ablehnend und vorwurfsvoll. Kein Standartlächeln. Seine Reize für das andere Geschlecht schienen im Nirwana verschwunden zu sein. Andererseits, er musste ehrlich sein, er wollte gar nicht flirten, schon gar nicht mit diesem Drachen. Sie war klein und dick, mit viel zu dünnen Haaren und kleinen schmalen Augen, die nicht schauten, sondern lauerten. Aber sogar an solchen Frauen verpuffte sein Charme? Ihn befiel ein Gefühl von Angst. Was, wenn er nie wieder einer Frau gefallen würde? Wenn er bis ans Ende seiner Tage allein in einem Wohnmobil auf irgendeinem Campingplatz irgendwo in der Welt wäre und als einzigen Ansprechpartner ein paar Geranien hätte? Nein, soweit dürfte es nicht kommen. Er wusste zwar noch nicht, wie er das verhindern sollte, aber dass er es verhindern würde, stand außer Frage. Jetzt lagen erst einmal wundervolle Tage vor ihm. Und wenn er mit dem Wohnmobil durch die Bretagne fahren würde, die Landschaft, die Menschen und die schmackhafte Küche inklusive der vorzüglichen Weine genösse, wäre der böse Zauber gebannt. Und vielleicht fände er eine bezaubernde Französin, die ...

Er verbot sich, weiter zu träumen. Alleine würde er nicht bleiben, es gab ja noch immer seine Schwester. Dann müsste er allerdings wieder nach Düsseldorf, wo ihn alles an Sabine erinnerte. Er verwarf die Gedanken. Es gab Alternativen. Im Moment fiel ihm zwar keine ein, aber mit der Zeit würde sich etwas auftun. Er wollte nicht abhängig von seiner großen Schwester sein. Niemals. Er stand vorsichtig auf und schlich zur Tür.

Zaghaft öffnete er sie und schaute hinaus. Die Luft war rein. Er nahm Haltung an und ging zum Aufzug. Einige Besucher warteten, um nach unten in die Eingangshalle zu fahren.

Wer ihn wohl abholen würde? Über Werners Anblick würde er sich freuen. Einer der wenigen Menschen, den er um sich haben konnte.

Mit dem Polizisten hingegen hatte er am wenigsten gerechnet. Bedeutete das, dass man ihm nicht glaubte und ihn noch immer verdächtigte?

»Guten Tag, Herr Breuckmann. Ich habe Werner angeboten, dass ich Sie abhole. Sie erinnern sich an mich, oder?« Wappenschmidts Lächeln wirkte aufgesetzt, seine Bewegungen hölzern. Nur das Mitleid schien ehrlich gemeint zu sein. »Die Ärzte wollen Sie wirklich gehen lassen? Sie sehen nicht gut aus, wenn ich das so sagen darf.«

Darfst du nicht, dachte Christof, erwiderte aber: »Mir geht's gut.«

»Der Jupp hat das nicht bös gemeint. Der hatte schon ein paar Bier zu viel. Und dann das Fernsehen. Diese Krimiserien. Da ist die Fantasie mit ihm durchgegangen.«

Christof gab keine Antwort.

»Da vorne steht mein Auto.« Rudi Wappenschmidt zeigte auf den Streifenwagen, der im absoluten Halteverbot parkte. »Manchmal ist der Wagen Gold wert.« Er grinste. Christof empfand sein Gehabe als unangenehm. Zu selbstsicher, zu selbstverliebt. Ein Mann, der gewohnt war, respektiert zu werden.

Christof war sein Auftreten peinlich, und hoffte schnell von ihr fortzukommen. Was die Leute wohl dachten, wenn sie ihn in einem Streifenwagen sahen?

Auch egal, wenn sie ihn für einen Verbrecher hielten. Es war alles egal.

»Es gibt eine Überraschung. Ludmilla hat gekocht. Damit Sie schnell gesund werden.«

Ach du Schande, dachte Christof. Auch das noch. »Ich habe keinen Hunger.«

»Das können Sie Ludmilla nicht antun. Sie ist Polin. Und in ihrer Heimat wird Gastfreundschaft sehr hochgeschätzt. Das müssen Sie annehmen. Außerdem brauchen Sie Tinte auf den Füller, wie man so schön sagt, um wieder fit zu werden. Sie wollen doch schnell weiter nach Frankreich, oder?«

Er lachte. Ein anzügliches, abstoßendes Lachen. Der Typ wurde Christof immer unsympathischer. Was hatte dieser unpassende Vergleich mit seinen Kopfschmerzen zu tun?

»Und Ludmillas Kochkünste sind nicht schlecht. Was sie sonst noch zu bieten hat, weiß ich natürlich nicht. Aber Sie, ein junger, gut aussehender Mann ...«

Christof überlegte, wie er das Gesagte verstehen sollte, und beschloss, es zu ignorieren.

»Alles andere wird Ludmilla sowieso nicht akzeptieren. Außerdem will sie ein Auge auf Sie halten. Sie weiß, dass Sie auf eigenen Wunsch entlassen wurden.«

Christof schaute überrascht auf.

»Eine Freundin Ludmillas arbeitet in dem Krankenhaus. Man kennt sich. Es gibt keine Geheimnisse. Alles eine große Familie«, erklärte Wappenschmidt.

Christof sank tiefer in den Beifahrersitz, schnallte sich an und schaute aus dem Fenster. »Wollen Sie mich beobachten? Bewachen? Glauben Sie wirklich, ich bin ein Mörder?«

Wappenschmidt fuhr los. Erst als er auf die B56 abbog, antwortete er. »Die Leiche ist noch nicht freigegeben. Ich persönlich halte Sie nicht für einen Mörder.«

Christof brummte und konzentrierte sich auf die Landschaft. Von dem Fahrersitz seines Wohnmobils hatte die Welt anders ausgesehen. Weiter, irgendwie schöner. Das Gefühl, über den Dingen zu stehen, wenn man höher saß, hatte ihm gut gefallen. Aber auch aus dieser Perspektive war die Landschaft schön. Am Horizont erstreckte sich der Eifler Nationalpark. Er sah einen Habicht. Oder war es ein Falke? Er war sich nicht sicher. Die Straßenschilder zogen an ihm vorbei. Rechts konnte man nach Zülpich abbiegen. Hatte es da nicht auch einen Toten gegeben? Am Fuße des Sees? Er erinnerte sich dunkel. Zur Karnevalszeit musste das gewesen sein, eine Musiklehrerin hatte einen Toten in einem Römerkostüm gefunden. Seine Leiche trug Turnschuhe.

Sobald er an Sascha dachte, krampfte sich sein Magen zusammen. Er konzentrierte sich wieder auf die Landschaft und versuchte, das Gesicht des Toten zu verdrängen. Die Kopfschmerzen raubten ihm den Verstand.

»Sie erinnern sich an mich, oder?«, riss ihn Wappenschmidt aus seinen Gedanken. »Ich habe Sie während des Streits mit Sascha getrennt, als Sie sich an die Gurgel gegangen sind. Wie kam es eigentlich dazu?«

Christof hatte keine Lust zu reden. Außerdem mochte er den Fahrstil seines Chauffeurs nicht. Für seinen Geschmack beschleunigte er zu heftig, um dann kurz vor dem nächsten Kreisverkehr stark zu bremsen. Und es gab viele Kreisverkehre. Wappenschmidt lächelte einschmeichelnd und warf ihm einen Blick zu. Was für ein falscher Hund, dachte Christof. Statt einer Antwort brummte er und fasste an seinen Kopf, in der Hoffnung, dass der Polizist den Hinweis verstand. Was wollte der eigentlich von ihm? War das ein Verhör, getarnt in Nett-Sein und Hilfsbereitschaft?

»Natürlich erinnere ich mich. Sascha und ich haben uns gestritten. Kann passieren an einem feucht-fröhlichen Abend.«

Er schloss die Augen, seufzte und sagte zum wiederholten Mal: »Ich hab dem Jungen nichts getan, sondern habe ihn so am Steg gefunden.«

»Ja, ja. Die Untersuchungen laufen, gehen aber in die Richtung, dass Sie unschuldig sind. Sascha muss unglücklich gefallen oder ausgerutscht sein. Ich darf eigentlich gar nicht so viel erzählen, aber die bisherigen Ermittlungen bestätigen Ihre Geschichte. Dass Sie nichts damit zu tun haben, glaube ich auch. Zumindest zu dem jetzigen Zeitpunkt. Wegen der Leichenstarre, den Spuren und all dem Zeug, worüber ich eigentlich nicht reden darf.«

Er lachte, was Christof völlig unpassend fand.

»Als Sie Sascha fanden, war er schon ein paar Stunden tot. Einfach ein ganz schrecklicher Unfall.« Er schaute wieder zur Straße, sah den Kreisverkehr zu spät und bremste abrupt ab. Christof versuchte, das Nicken nach vorne abzufangen. Jedes Bremsen verursachte einen heftigen Schmerz.

»Die Untersuchungen sind fast abgeschlossen. Ich frage nur aus persönlichem Interesse. Werner hat erzählt, dass Sie hier geboren sind?«

Wieso verstand der Mann nicht, dass Christof seine Ruhe haben wollte? Sollte man als Polizist nicht einen Hauch von Empathie besitzen? Das Denken strengte ihn an. Lag das an den Medikamenten, dass er seine Umgebung wie durch einen Schleier wahrnahm und das Nachdenken nur im Zeitlupentempo funktionierte?

Eine gute Nachricht, dass man ihn nicht mehr für einen Mörder hielt. Er fühlte sich erleichtert. Warum dann diese Fragen? Nur aus persönlichem Interesse? Das glaubte er nicht, doch im Moment war es uninteressant. Nicht wichtig.

»Ja«, murmelte er. »Ich bin hier geboren.« Dann wandte er seinen Kopf in Richtung Fenster, um jede weitere Unterhaltung im Keim zu ersticken. Der Polizist schien zu begreifen, denn er sprach nicht mehr, bis sie auf dem Campingplatz angekommen waren. Wappenschmidt fuhr nicht auf das Gelände, sondern parkte seinen Wagen außerhalb auf einem Seitenstreifen. »Hat Werner mich drum gebeten, auch wenn zurzeit wenig Gäste hier sind. Macht keinen guten Eindruck, wenn der Streifenwagen vor dem Campingplatz steht. Es sind nur ein paar Meter mehr, die wir laufen müssen.«

Christof enthielt sich einer Antwort. Gegen frische Luft und Bewegung hatte er nichts. Er stieg gerade aus dem Wagen, als Werner mit weit ausgebreiteten Armen auf ihn zustürmte.

»Wie gut, dass dir nichts passiert ist, Christof. Wir haben uns solche Sorgen gemacht. Der Jupp hat seine Kräfte nicht immer im Griff.« Er klopfte ihm fest auf die Schulter und sprach unentwegt weiter. »Du hast sicher Hunger. Ich kenne doch diese Krankenhauskost. Seltsam, dass in einem Krankenhaus so schreckliches

Essen serviert wird, nicht wahr? Ludmilla hat was vorbereitet. Müsste gleich so weit sein. Vorher ein Bier?« Er stockte. »Ach nee, das ist keine gute Idee. Besser Tee? Kamille oder Pfefferminz? Wenn man krank ist, trinkt man Tee. Fenchel ist auch beliebt.«

Christof war entsetzt. »Nein, danke dir. Lass bloß.«

Obwohl er keinen Hunger verspürte, war sein Magen anderer Ansicht. Werner vernahm das Knurren, legte seine Hand wie ein Kumpel auf seine Schulter und zog ihn ins Haus. »Ludmilla hat gekocht. Eine typisch polnische Spezialität. Der Jupp isst mit. Der will sich bei dir noch entschuldigen. Auch dafür, dass er dich für einen Mörder gehalten hat. Das glaubt niemand von uns. Der Jupp hatte ein paar Bierchen zu viel. Das darfst du ihm nicht übel nehmen.« Christof antwortete nicht, ließ sich ins Haus ziehen und dachte angewidert an das Essen. Hin- und hergerissen, ob er sich über die Fürsorge freuen oder ärgern sollte. Es war nett, beinahe rührend, aber ihm war das alles viel zu viel.

Ich will nur meine Ruhe haben, dachte er, als er den Gastraum betrat. Und vielleicht Sabine.

VIER

Elli Breuer, eigentlich mochte sie es lieber, wenn man sie Elisabeth nannte, aber niemand respektierte ihren Wunsch, stand am Herd. Zum dritten Mal wusch sie mit einem feuchten Lappen den Topf ab, stellte ihn auf die Arbeitsplatte, um ihn ein paar Sekunden später wieder zur Hand zu nehmen und erneut zu säubern. Ihr Mann Alfred saß am Küchentisch und sagte kein Wort. Stumm und bewegungslos schaute er auf die Tischplatte, als wäre er in dieser Haltung eingefroren. Seit er von Saschas Tod erfahren hatte, sprach er nicht mehr. Acht Stunden war es her, dass sie ihren Sohn identifiziert hatte.

Der Polizist, der Elli nach Hause gebracht hatte, versuchte anteilnehmend Trost zu spenden. Wie in Trance hatte sich Elli bedankt, Wappenschmidts Worte noch immer in ihren Ohren. »Es tut mir so leid« und »Wenn ich etwas für euch tun kann« — Standardbeileidsbekundungen. Je mehr Elli darüber nachdachte, umso wütender wurde sie. Alle hatten sie über ihren Sascha gelästert, ihn als Versager abgestempelt. Schon seit der Grundschule. Genau wie Alfred. Von einem Vater konnte man weiß Gott etwas anderes erwarten. Wo blieben denn Zuneigung, Vertrauen und Unterstützung — auch wenn das Verhalten nicht in das gewohnte Schema passte. Gerade dann musste man sich doch noch mehr um das Kind bemühen. Aber sie hatten alle an Sascha herumkritisiert. Egal was er plante, was er machte: Es war immer falsch.

Als sie den Raum betrat, saß Alfred am Küchentisch und hatte noch nicht einmal aufgeschaut. Seitdem verharrte er in dieser Haltung und gab kein Wort von sich. Elli griff erneut zum Topf, und erst jetzt wurde ihr bewusst, was sie tat. Statt ihn erneut abzuwischen, schmiss sie ihn mit aller Kraft und Wut, die sie empfand, auf den Boden. Der Krach war ohrenbetäubend, doch Alfred zuckte nur unmerklich zusammen.

»Bist du jetzt zufrieden?«, brüllte sie.

Keine Reaktion.

»Er ist tot«, schrie Elli. »Tot! Und das ist ganz alleine deine Schuld. Warum hast du ihn rausgeschmissen? Dein eigen Fleisch und Blut. Was hat Sascha dir denn getan? Konntest du ihn nicht einmal in Ruhe lassen?« Ihre Stimme überschlug sich. Sie hustete und verschluckte sich. Mit gerötetem Gesicht redete sie viel zu laut weiter. »Wenn er Zuhause hätte bleiben können und nicht auf diesem Campingplatz hätte Zuflucht suchen müssen, würde er noch leben.«

Alfred reagierte noch immer nicht.

Sie trat auf ihn zu, baute sich vor ihm auf. Er schaute sie an, doch sein Blick blieb leer. Sie wollte ihn schlagen, an den Haaren ziehen, ihm Schmerzen zuführen, um eine Reaktion zu provozieren. Sie trat näher, hob ihre Hand, doch etwas hielt sie zurück.

»Dein Sohn ist tot.« Sie betonte jede Silbe, suchte nach einer Regung in seinem Gesicht, nach irgendetwas, dass sie erkennen ließ, dass er sie hörte, ihre Worte ihn erreichten. Vergeblich. Sie hatte keine Kraft mehr, sich auf den Beinen zu halten, und ging auf die Knie. Die Tränen, vor Trauer und Wut, ließen sich nicht mehr aufhalten. Dabei blickte sie auf den Topf, der eine Fliese beschädigt hatte. Er selbst war unversehrt geblieben. Als ob das wichtig wäre.

»Vorgestern war er doch noch hier«, flüsterte sie. »Heimlich, als du nicht da warst. Er hat erzählt, dass alles gut werden würde. Er hatte Pläne. Richtige Zukunftspläne. Er sagte: ›endlich, Mama, glaubt mal jemand an mich. Du wirst sehen, alles wird gut.‹ Und dann seh ich ihn tot wieder und alle Pläne und Träume für die Zukunft sind hinfällig. Aus und vorbei.«

Sie wischte sich mit dem Ärmel ihrer Bluse die Nase trocken. »Das hat ihm am meisten gefehlt, Alfred. Jemand, der an ihn geglaubt hat. Er brauchte niemanden, der ihm ständig Vorhaltungen machte und ihn kritisierte. Er konnte es uns doch nie recht machen. Kein Wunder, dass er andere Wege eingeschlagen hat.« Sie schniefte erneut. »Ich hatte ihm den Ehering meiner Mutter geschenkt. Als Glücksbringer.« Sie fing wieder an, zu weinen. »Es hat nichts genutzt.«

Dann stand sie auf. Richtete ihr Kleid. Holte tief Luft. »Aber jetzt werden alle merken, wie wichtig er mir war.«

Endlich blickte Alfred auf. Er schüttelte den Kopf, doch das sah Elli nicht. Sie wischte erneut über die Arbeitsplatte. Dabei flüsterte: »Es muss alles sauber sein, wenn sie kommen. Niemand wird mir Vorwürfe machen können, dass ich nicht alles für ihn tun würde. Ich bin eine gute Mutter.«

FÜNF

Christof stieß auf. Den Geschmack von diesem polnischen Allerlei bekam er nicht aus seinem Mund. Ludmilla hatte ihm immer wieder versichert, wie gesund das war, viel Vitamine und Mineralstoffe, dennoch wollte er das Gericht kein zweites Mal probieren. Er lag auf seinem Bett im Wohnmobil und versuchte, sich zu entspannen. Liegen tat gut. Mit geschlossenen Augen lauschte er der Klaviermusik seines Smartphones und die Kopfschmerzen verschwanden allmählich. Er ließ den gestrigen Abend Revue passieren. Seine Ankunft auf dem Campingplatz. Die Freude des Wiedersehens mit Werner, die Enttäuschung, dass man Sabine vermisste. Aber auch Ingeborg war nicht da. Sie hätte ihm etwas Geschmackvolleres als Bigos gekocht. Ein großes Stück Fleisch, mit ein paar fettigen Fritten mit viel Mayo. Er seufzte.

Diese Nostalgiereise hatte er sich anders vorgestellt. Er vermisste sein altes Leben, vor allem Sabine, mit jeder Pore seines Körpers. Die gemeinsamen Plätze aufzusuchen, machte nur bedingt Spaß, wenn man einsam und allein war. Statt sich besser zu fühlen, dehnte sich der Schmerz bis zur Unerträglichkeit aus.

Er drehte sich zur Seite, haute ein paar Mal in das Kissen, bis er die angenehmste Position für seinen Kopf gefunden hatte. Dann fiel sein Blick auf das Handy. Darauf waren die Fotos des Toten. Von Sascha. Er schauderte, als er an ihn dachte. Ein gut aussehender Mann, selbstbewusst, stets provozierend und voller Testosteron steckend. Seit gestern Abend tot. Es tat ihm unendlich leid. Sascha war ihm nicht sympathisch gewesen, ging auch gar nicht, denn er sah aus wie Sabines Neuer, für den sie ihn, Christof, verlassen hatte. Dennoch fühlte er Trauer. Und, er konnte es nicht leugnen, Schuld. Das Streitgespräch und die Schlägerei waren unnötig gewesen. Waren das die letzten Dinge, an die sich Sascha vor seinem Tod erinnerte? Ein Streit mit einem wildfremden Mann an einer Bar auf einem einsamen Campingplatz in der Eifel? Wer wollte denn so sterben?

An der Theke hatten sie sich in dieses Wortgefecht verwickelt. Er hatte es genossen. Seine ganze Wut hatte er rausgelassen und er hatte gespürt, dass auch sein Gegenüber voller Wut war und es ihm Spaß machte, Dampf abzulassen. Das war so ein Männerding, Kräfte messen für Erwachsene. Manche verglichen sich in Wettkämpfen, im Sport, andere im Auto auf der Straße, und Christof im Äußern von Unverschämtheiten, verpackt in knackigen Formulierungen. Und alles nur, weil Sascha ihn an diesen Idioten erinnerte.

Diese Ähnlichkeit war ihm sofort aufgefallen. Eine unbändige Wut hatte ihn mit voller Wucht getroffen und von ihm Besitz ergriffen. Es reichte ein Blick von dem Fremden, um seinen Zorn zu schüren. Sabine. Was fand die an diesem Lackaffen von Kleinkriminellem? Jetzt, nüchtern und halbwegs klar bei Verstand, korrigierte er sich. Er war unfair, nicht jeder Banker war ein Ganove. Aber im Gegensatz zu ihm hatte der Neue einen Job.

Christof konnte seine Gefühle nicht richtig fassen, schon gar nicht beschreiben, am ehesten passte der Begriff: den Boden unter den Füßen verlieren. Fallen gelassen, gestürzt von weit oben. So schnell konnte es gehen. Und Sascha hatte gestern einen Teil des Grolls zu spüren bekommen. Christof nahm sein Handy zur Hand und besah sich die Fotos, die er vom Unfallort gemacht hatte. Er fröstelte. Mittlerweile glaubte er zu verstehen, warum ihn dieser Jupp für einen Irren gehalten hatte. Wer schoss auch schon Fotos von einem Tatort? Kein normaler Mensch kam auf die Idee.

Es sei denn, er war es gewohnt, in Ausnahmesituationen alles akribisch zu protokollieren und aufzuzeichnen, um dann nach Fakten zu entscheiden. So hatte Christof jahrelang seinen Job erledigt. Jede seiner Entscheidungen hatte Hand und Fuß, waren erklär- und nachvollziehbar. Da gab es weder Wischiwaschi noch Klüngelei.

Christof hatte immer zum Wohle der Firma entschieden, Sympathien zu Menschen nur berücksichtigt, wenn es der Firma nicht schadete. Und irgendjemand hatte beschlossen, dass er, Christof Maria Breuckmann, nicht mehr von Nutzen für das Unternehmen war. Hatte ihm eine Abfindung geboten und zum Abschied die Hand gereicht.

Er konzentrierte sich auf sein Telefon. Die Fotos wirkten gespenstisch. Der Mond leuchtete hell, man sah jedes Detail. Er wunderte sich, dass man ihn gar nicht nach den Bildern gefragt hatte. Zumindest aus beruflichem Interesse hätte der Dorfpolizist doch mal nachhaken können. So durfte er nicht mehr denken. Er musste aufhören, seine eigenen Ansprüche bei anderen zu erwarten. Das funktionierte nicht.

Ein junger Mensch war tot. Er wusste nichts von ihm. Hatte er Eltern, die um ihn trauerten? Eine Freundin? Wie waren seine Zukunftspläne und Träume? Er hatte das Gefühl, der Tote wollte ihm etwas sagen. Christof starrte auf die Bilder und konnte seinen Blick nicht davon lösen. Und dann glaubte er, etwas zu erkennen. Er vergrößerte den Bildausschnitt der Erde. Die Schuhe. Er schloss das Mobiltelefon an seinen Laptop an und überspielte die Fotos auf seine Festplatte. Hier hatte er mehr Möglichkeiten. Er nahm sich das Bild, das ihm aufgefallen war, noch einmal genauer vor. Er vergrößerte, erhöhte den Kontrast, begutachtete jeden Pixel. Und dann hatte er es. Sein Puls beschleunigte sich. War ihm das bis jetzt als Einzigem aufgefallen? War das möglich? Er schüttelte den Kopf. Das konnte gar nicht sein. Die Turnschuhe des Toten waren weiß. Reinweiß. Es gab keine Erde, keinen Schmutz, keine Tannennadeln oder anderen Verschmutzungen. Nicht nur die Oberfläche der Schuhe, sondern auch das Profil der Sohlen, waren neuwertig, nein eigentlich nagelneu. Wie aus dem Laden. Wie konnte das sein? Entweder war der Tote, er konnte ihn einfach nicht beim Namen nennen, geschwebt oder jemand hatte ihm nachträglich die Schuhe angezogen. Das gab ein ganz anderes Licht auf den Tathergang.

Der Tote war in diesen Schuhen auf gar keinen Fall gelaufen, geschweige denn ausgerutscht. Wie so oft, half ihm das Anonymisieren Abstand zu wahren und klarer zu denken. Menschen durfte man nicht als Person wahrnehmen, wenn man über sie Entscheidungen zu fällen hatte. Das hatte er sich in den Jahren seiner Tätigkeit als Manager angewöhnt. Seine Mitarbeiter versachlichte er. Herr Maier aus der Buchhaltung war

Buchhaltung 1 gewesen, Maiers Azubi Buchhaltung 2. Frau Weber aus der Personalabteilung Personal 1.

Dieser Tote – er verzichtete auf eine Nummerierung, es erschien ihm zu makaber – konnte mit diesen Schuhen keinen Spaziergang gemacht haben. Sie waren ihm nachträglich angezogen worden. Das war die einzige Möglichkeit, die Sinn ergab.

Nur, was sollte er mit diesem Wissen anfangen? Die Polizei informieren? Oder erst Werner? Fakt war, dass der Tote keinen Unfall hatte. Aber dann war er sofort wieder der Verdächtige Nummer 1.

Christof sprang auf, was er augenblicklich bereute. Er drückte mit seiner Hand gegen die rechte Schläfe und schloss die Augen. Sein persönlicher Albtraum entwickelte sich von Tag zu Tag mehr zu einem GAU. Wieder einmal wünschte er sich Sabine an seiner Seite. Mit ihr wäre das alles nicht passiert.

Es nutzte nur nichts, weiter zu trauern. Hier war ein Mensch ums Leben gekommen, und für ihn sah es nicht so aus, als wäre das die Folge eines Unfalls.

Christof wusste nicht viel, aber eins war gewiss: Er hatte nichts mit Saschas Tod zu schaffen.

Er war gespannt, was Werner zu seinen Überlegungen sagte.

SECHS

Werner Donner saß am Tisch und stierte vor sich hin. Seit einer Dreiviertelstunde wartete er nun auf seine Frau. Sie hatte nicht gewollt, dass er sie am Bahnhof abholte. Er hasste es, zu Untätigkeit verdammt zu sein. Er schaute zur Uhr, richtete sich auf und lächelte, als die Tür aufging. Aber nicht Ingeborg, sondern Christof trat ein. Das Lächeln verschwand.

»Hallo, Christof.« Werner nickte ihm zu, blieb aber sitzen und stierte auf einen Punkt hinter der Theke.

»Ich dachte, vielleicht kriege ich bei dir etwas zu trinken. Etwas, was mich wieder nach vorne bringt. Außerdem muss ich eine Sache mit dir besprechen.« Christof nahm neben ihm platz.

Werner Neugier schien geweckt. Er blickte hoch und sah ihn abschätzend an. »Hätte da was. Trinken wir immer, wenn sich was ankündigt. Killt jeden Virus, jede Bakterie. Beseitigt fast jedes Problem. Garantiert. Aus Polen. Von Ludmilla.« Schwerfällig stand er auf, schlich zur Theke und nahm eine Flasche und zwei Pinnchen aus dem Regal. Seinen Kopf hielt er nach vorne geneigt, während er einschenkte. Er schob das Glas über die Theke zu Christof und nickte ihm zu. »Hilft. Gegen alles.«

Ein stechender Geruch drang Christof in die Nase. Er schloss die Augen und trank den Inhalt in einem Zug leer. Ein Schnaps verbindet, dachte er, während er sich schüttelte. Er überlegte, wie er sein Anliegen vortragen sollte.

»Wann kommt Ingeborg? Heute, hattest du doch gesagt, oder?« Bildete er sich das nur ein oder presste Werner gerade die Lippen aufeinander? Nur ganz kurz, als Zeichen von Missbilligung oder Ärger. Werner sagte »Ja«, seine Lippen entspannten, der Ausdruck in den Augen blieb.

»Ist sie mit der Bahn unterwegs? Willst du sie nicht abholen, oder nimmt sie ein Taxi?« Dann fiel Christof ein, dass es wieder massive Verspätungen gab und er fragte noch: »Oder ist ihr Zug auch betroffen und sie kommt erst später? Ludmilla hat bestimmt noch viel von ihrem Bigos übrig. Das schmeckt auch aufgewärmt.« Er lachte, wurde aber augenblicklich wieder ernst. Werner sah alles andere als fröhlich aus.

Unaufgefordert füllte er die Gläser. Christof überlegte einen Moment, wie sich der Alkohol mit den Medikamenten vertrug, verbot sich den Gedanken aber sofort. Autofahren wollte er ja noch nicht. Er hatte eine Aufgabe zu erledigen. Während er nach den richtigen Worten suchte, wie er das Gespräch auf Sascha und die Fotos bringen konnte, wechselte Werner plötzlich das Thema.

»Beziehungen sind auch nicht mehr das, was sie mal waren.«

Christof hörte zu und erwiderte nichts.

»Ingeborg und ich, wir sind jetzt vierunddreißig Jahre verheiratet. Verdammt lange Zeit.«

Christof nickte. Seine Gedanken wanderten zu Sabine, im Kopf versuchte er zu rechnen, ob es irgendeine Verbindung zu den vierunddreißig Jahren gab. Vierunddreißig Monate kamen fast hin. Er wollte gerade etwas dazu sagen, als Werner weitersprach.

»Mit Kindern hat's nicht hingehauen. Aber wir haben ja auch all die Jahre den Campingplatz gehabt. Langeweile kam nie auf. Und die vielen Gäste, die Jahr für Jahr wiederkommen, das war immer unsere Familie.« Während er sprach, blickte er noch immer auf einen imaginären Punkt. Er trank den zweiten Schnaps, und richtete sich plötzlich auf. »Christof, ich brauche deine Hilfe.«

Christof verschluckte sich beinah. Damit hatte er nicht gerechnet. Er war irritiert. Alarmiert. Was kam jetzt? »Ich helfe gerne, wenn ich kann. Um was geht es denn?«, fragte er vorsichtig.

»Du bist ein Fremder, aber nicht zu fremd. Du bist über Sascha gestolpert. Dir nimmt man es nicht krumm, wenn du ein wenig hier rumschnüffelst. Ich brauche Gewissheit.«

Christof hatte keine Ahnung, wovon Werner sprach. Er schaute ihn um eine Erklärung bittend an und hoffte inständig, dass er nicht noch einen Schnaps trinken musste. Was immer Ludmillas Familie gebrannt hatte, es war mörderisch. Gleichzeitig fühlte sich sein Hirn seltsam leicht an. So, als könne er die Relativitätstheorie in einfachen Worten erklären. War doch alles ganz easy. Er grinste, als ihm ein anderes Ereignis in den Sinn kam. Sein erster Joint. Da hatte er sich ähnlich gefühlt. Aber nur eine kurze Zeit, bis sich sein Körper wehrte. Er schüttelte sich. In seinem ganzen Leben war ihm nie wieder so schlecht gewesen. Stundenlang hatte er sicherheitshalber in der Nähe der Toilette verbracht, an Essen dachte er erst Tage später wieder. Damals fand er es ungerecht, dass sein Körper so reagierte, irgendwann war er dankbar. Wer weiß, wohin ihn das gebracht hätte. Einigen seiner Stutentenfreunden war es zum Verhängnis geworden. Von wegen ungefährliche, weiche Drogen.

»Hörst du mir überhaupt zu?«

Christof zuckte zusammen. Vielleicht waren die Kopfschmerzen doch nicht so harmlos, wie er glaubte. Sein Verstand schlug Kapriolen, seine Gedanken waren ein heilloses Durcheinander. »Worüber brauchst du Gewissheit?«

»Ob Ingeborg einen anderen hat.« Werner sprach leise, die Lippen aufeinandergepresst. Eine Kraftanstrengung, diese Worte auszusprechen.

Christof war sich nicht sicher, ob er richtig verstanden hatte. »Wie meinst du das? Einen anderen Mann? Einen Geliebten?« Er wollte laut loslachen, hielt aber inne, als er in Werners Gesicht blickte. Pure Verzweiflung stand darin geschrieben.

»Was mache ich denn, wenn sie mich verlässt?« Das war kein Jammern, das war ein Hilferuf. »Ich habe sie letzte Nacht versucht anzurufen, sie ist nicht ans Telefon gegangen. Heute Morgen hat sie behauptet, sie hätte es lautlos gestellt, um zu schlafen. Wer soll das denn glauben?«

Christof verkniff sich die Bemerkung, dass er jede Nacht sein Handy ausschaltete, um nicht gestört zu werden. »Was kann ich tun?«

Einmal seine größte Angst ausgesprochen, hörte Werner nicht mehr auf zu reden. »Du musst sie observieren. Geh ihr nach, schau, ob sie sich wirklich mit ihrer Freundin trifft. Ich muss wissen, wie sie ihre Zeit verbringt. Ob sie einen oder gar mehrere fremde Männer trifft. Manchmal riecht sie anders. Vielleicht geht sie in Aachen in ein Hotel ...« Er brach ab, setzte sich wie ein nasser Sack wieder auf den Stuhl. Seine Hand griff zum Schnaps und schenkte erneut ein. »Dem Rudi hab ich das auch gesagt, aber der hat mich ausgelacht. Hat gesagt, das sei völliger Quatsch. Aber das glaube ich nicht. Mir ist sogar der Verdacht gekommen, dass er ...«

Christof nahm erleichtert zur Kenntnis, dass Werner nur sein eigenes Glas gefüllt hatte und wieder in einem Zug leerte. Um Himmels willen, was für eine Fantasie steckte in diesem alten Mann? Zu viel Eifel machte krank. Ingeborg war Anfang sechzig, was sollte sie in einem Hotel mit einem anderen Mann? Und dann noch mit dem Dorfpolizisten? Christof unterdrückte den Drang, laut loszulachen. Andererseits, dachte er, Ingeborg war noch immer eine gut aussehende Frau. Eine gepflegte Erscheinung mit einer tadellosen Figur. Mit sechzig hörte der Wunsch nach Zärtlichkeit und Nähe nicht unbedingt auf. Werner richtete sich auf, nachdem er das Glas erneut geleert hatte. »Ich habe mir Folgendes überlegt. Du bleibst noch ein paar Tage. Zur Erholung. Du erzählst jedem, der es wissen will, dass du nach diesem Schock mit Sascha Ruhe brauchst. Du gehst spazieren, erkundest die Gegend. Ich gebe dir mein Fernglas, um Vögel zu beobachten. Offiziell, aber das ist die perfekte Tarnung, um Ingeborg zu observieren. Damit du nicht immer mit diesem Wohnmobil durch die Gegend fahren musst, kriegst du einen fahrbaren Untersatz von mir. Hab da noch ein Zweirad im Schuppen stehen.«

Christof schwante Übles. »Aber kein Fahrrad«, entgegnete er, »ich soll mich nicht anstrengen.«

»Nein, nein«, wehrte Werner ab. »Schon mit Motor. Du musst dich ja schnell bewegen können. Und du sollst kein Auto fahren, hat Ludmilla erzählt.«

Christof schaute ungläubig auf Werner. »Wieso weiß Ludmilla ...? Ach so, die Freundin im Krankenhaus?«

Werner nickte. »Was sagst du? Abgemacht?«

»Abgemacht.« Zur Bekräftigung schenkte Werner noch zwei Schnäpse aus, trank sein Glas auf ex und haute dann mit der Faust auf den Tisch. Laut, mit pathetischem Unterton in der Stimme, fast feierlich, sagte er: »Ich muss die Wahrheit wissen. Sei schonungslos. Diese Ungewissheit macht mich krank.«

Es war nicht der richtige Zeitpunkt, um von den Bildern und Sascha zu reden. Den Schnaps ignorierte Christof.

»Ich zeig dir jetzt mal deinen fahrbaren Untersatz.« Werner ging trotz der Schnäpse aufrecht und gerade. Christofs Knie fühlten sich butterweich an, während er Werner zur Scheune folgte. Umständlich öffnete dieser die Tür und hielt sie für Christof auf. »Da steht sie.«

»Wow«, entfuhr es Christof. »Was ...« Eigentlich wollte er fragen, was das ist. Die Vorstellung, damit zu fahren, weckte unterschiedliche Gefühle in ihm.

»Damit kommst du überall hin. Eine NSU Quickly T. Baujahr 1962. Ich habe sie vor zwei Jahren einem Urlauber abgekauft, der knapp bei Kasse war. Ingeborg war damals dagegen, hat sich fürchterlich aufgeregt. Aber so eine Gelegenheit lass ich mir doch nicht entgehen und habe das Geschäft trotzdem abgewickelt. Das Baby ist technisch in einem einwandfreien Zustand. Stell dir vor, es ist immer noch der Originallack, in Asconasand. Auch wenn man die beiden Farben Königsblau und Sand nicht auf den ersten Blick erkennt.

Ich bin noch nicht dazugekommen, sie zu restaurieren. Aber wie gesagt, sie fährt.« Er ging auf das Zweirad zu und strich über die Sitzbank. »Die musst du zum Tanken umklappen. Ganze 1,7 PS und siebzig Stundenkilometer Spitze, Gebläsekühlung, Dreiganggetriebe. Hydraulische Stoßdämpfer. Ein wahres Schätzchen, nicht wahr? Was meinst du?«

Christof verschlug es die Sprache. Die Farbe Sand konnte man tatsächlich nur noch erahnen und das Königsblau erinnerte an Teer. Die Sitzbank war verschlissen. Die Chromteile hatten bessere Zeiten gesehen. Vor seinem inneren Auge sah er sich den Berg zur Burg hochschleichen, Ingeborg verfolgend.

»Du musst darauf aufpassen wie auf deinen Augapfel. Ich werde sie, wenn ich Zeit hab, auf Vordermann bringen. Davon hab ich als junger Mann geträumt. Manchmal muss man nur warten, bis Träume wahr werden.«

Christof trat von einem Bein auf das andere. Schon wieder überraschte Werner ihn. Eifersüchtig und nostalgisch. Beides Begriffe, die er nie mit Werner in Verbindung gebracht hätte. Vielleicht wusste auch Ingeborg nichts von diesen Seiten ihres Mannes.

»Warum sagst du ›sie‹?«, fragte er stattdessen. »Es heißt doch das Motorrad.«

Werner blickte ihn verwundert an. »Aber die Quickly und sie ist ein Moped«, antwortete er und schüttelte den Kopf.

»So etwas bin ich noch nie gefahren. Ich hab auch gar keinen Helm«, sagte Christof.

»Alles da, kein Problem.« Werner schritt auf ein Holzregal zu, dessen Bretter schief hingen, schaute abschätzend auf Christofs Kopf und nahm einen schwarzen Helm herunter. »Setz mal auf, der müsste passen.« Widerspruchslos gehorchte dieser. Der Helm war zu groß, aber Werner meinte: »Der passt. Soll ja auch nicht zu eng sein, wegen der Beule.« Er grinste nicht, er meinte es ernst. »Ich habe auch noch eine Regenkombi. Müsste deine Größe sein.«

Christof schloss einen Moment die Augen. Was passierte hier eigentlich? Lag es an den Medikamenten oder an dem Schnaps, dass er nur noch ergeben alles hinnahm? Der Geruch von jahrelangem Mief, Schweiß und anderen Ausdünstungen, vermischt mit Öl und Benzin drang ihm in die Nase. Und der kanariengelbe Einteiler hielt garantiert den Regen ab, zog aber alle Blicke auf sich.

»Werner, damit kann ich niemals unauffällig hinter Ingeborg her spionieren. Sie wird mich sofort entdecken.«

»Kann sie ja auch. Du willst doch nur die Natur erkunden. Das kriegst du hin. Aber sag ihr bloß nicht, dass ich die Quickly restaurieren will. Sie ist immer etwas komisch, wenn ich Geld ausgebe. Aber davon verstehen Frauen nichts.«

SIEBEN

Ingeborg schaute ihre Freundin Hilde dankbar an.

»Es waren ein paar schöne Tage. Das sollten wir öfter machen. Und wegen gestern Abend – du weißt, was du sagen musst, falls jemand fragt? Ich kann mich auf dich verlassen?«

»Natürlich, Ingeborg. Wie immer.«

»Dann steige ich jetzt in den Zug und fahre nach Nideggen. Dein Sohn holt dich ab?«

»Er freut sich, dass ich noch einen Tag bei ihm und seiner Familie bleibe. Wir sehen uns ja nicht mehr so oft.«

Sie gingen am Bahnhofskiosk vorbei und Hildes Blick fiel auf die Schlagzeile einer Boulevardzeitung: »Tod auf dem Campingplatz«.

»Schau mal, das sieht aus wie bei euch«, rief sie. Sie blieben stehen und starrten auf den Zeitungsständer. Wie in Trance griff Ingeborg zu der Zeitung, zog sie heraus und begann zu lesen.

Der Verkäufer wurde unruhig und hob seine Hand. »Ladys, auch Sie ...« Hilde beruhigte ihn und legte ein paar Münzen auf den Verkaufstresen. Ingeborgs Gesicht war blass geworden. Sie stierte auf den Artikel und schüttelte immer wieder den Kopf.

»Das kann nicht sein«, murmelte Ingeborg.

»Was ist denn los?«, fragte Hilde, erhielt jedoch keine Antwort. Ein Ruck ging durch Ingeborgs Körper, sie richtete sich auf. Ein tiefer Atemzug. Sie nahm den

Koffer wieder zur Hand und marschierte los, die Zeitung lose in ihre Manteltasche gesteckt.

»Ingeborg, nun warte auf mich!« Hilde eilte hinterher und geriet bereits nach wenigen Schritten außer Atem. »Was ist passiert?«

»Ein Unglücksfall auf einem Nidegger Campingplatz. Nichts Dramatisches – eigentlich. Ein junger Mann. Sie schreiben keinen Namen. Aber das werden wir ja erfahren.«

»Willst du nicht Werner anrufen?«

»Gleich, wenn ich im Zug sitze.« Nichts an ihrer Stimme schien verändert, die Gesichtsfarbe hatte sich normalisiert. Dennoch war etwas anders als noch vor ein paar Minuten. Hilde schaute genauer hin und sah, dass ihre Freundin die Augen zusammenkniff. Die Stirnfalte, die die Kosmetikerin Zornesfalte genannt hatte, wurde wieder sichtbar. Ingeborg wandte sich nach rechts, ging ein paar Meter und drehte sich abrupt noch einmal um.

»Hilde, noch mal danke für alles.«

»Wofür?«, wunderte sich Hilde. Sich für irgendetwas zu bedanken, sah ihrer Freundin nicht ähnlich. Sie wollte gerade etwas erwidern, doch Ingeborg hatte sich schon umgedreht. Ihr Zug wartete bereits. Ein junger Mann näherte sich und bot ihr an, den Koffer zu tragen. Das war typisch für Ingeborg. Obwohl drei Jahre älter als Hilde, lagen ihr die Männer noch immer zu Füßen. Bildlich gesprochen. Hilde wusste nicht, wie sie es anders beschreiben oder bezeichnen sollte, aber Ingeborg hatte das gewisse Extra.

Sie beobachtete ihre Freundin. In diesem Moment warf sie den Kopf in den Nacken und lachte dem Mann ins Gesicht. Ein Jungmädchenlachen. Ob das ihr

Geheimnis war? Dass sie sich noch immer wie ein junges Mädchen benehmen konnte, ohne albern zu wirken?

Hilde sah, wie Ingeborg am Fenster Platz nahm und mit dem Fremden weiter flirtete. Sie blieb stehen und wartete, dass ihre Freundin zum Abschied winkte. Vergeblich. Der Zug fuhr los, ohne dass Ingeborg aufgeschaut hatte. Warum auch? Mehr als einmal verabschieden war unnötig. Dennoch. Ingeborg hatte Geheimnisse, in die sie auch ihre beste Freundin nicht einweihte. Die drei Tage im Wellnesshotel in Amsterdam waren wunderbar gewesen. Doch gestern hatte sich Ingeborg abgesetzt. Sie habe etwas zu erledigen. Hilde wusste nicht, was es war. Obwohl es sie brennend interessierte, hatte sie nicht gefragt. Ingeborg hätte es ihr erzählt, wenn sie es hätte wissen sollen. Aber egal, was sie vorgehabt hatte, es war kein Erfolg gewesen. Als sie sich am Morgen zum Frühstück getroffen hatten, sah sie trotz Make-up müde aus, als wäre sie in der Nacht nicht zum Schlafen gekommen.

Hilde spekulierte weiter. Wahrscheinlich steckte ein anderer Mann dahinter. Ein verheirateter. Vielleicht ein berühmter Politiker, der nicht erkannt werden wollte? Ihre Fantasie ging mit ihr durch, während sie zum Parkplatz lief. Warum sollte sich ein Politiker mit Ingeborg einlassen? Sie stolperte über einen herausstehenden Pflasterstein und fluchte völlig undamenhaft. Was ärgerte sie mehr? Ingeborgs Geheimnis oder dass sie so verschlossen war? Man konnte ihrer Freundin viel vorwerfen, aber nicht, dass sie redselig war.

Ingeborg würde jetzt zum Campingplatz fahren und an der Willkommensfeier ihres Mannes teilnehmen, einen Schnaps trinken und einen dieser leckeren Kuchen probieren, die Ludmilla immer backte. Sie selbst hingegen würde ihren Sohn und Enkel für einen Tag sehen. Es gab Momente, in denen sie Ingeborg beneidete, aber in diesem Moment fühlte sie sich in der schöneren Position.

Ingeborg dankte dem jungen Mann, der ihren Koffer in das Gepäcknetz gehievt hatte. Er erwiderte ihr aufreizendes Lächeln und sah dies als Einladung für ein Gespräch, doch sie wandte den Kopf ab. Es gab anderes, worüber sie sich Gedanken machen musste. Der Tote auf dem Campingplatz war Sascha Breuer. Es gab keinen Zweifel. Das war die Erklärung, warum er nicht zum vereinbarten Treffpunkt gekommen und auch nicht erreichbar gewesen war. Es erklärte ebenfalls die vielen Anrufe von Werner, die sie alle nicht angenommen hatte. Himmel, was für ein Dilemma!

Wie ging sie jetzt am besten vor? Sie brauchte einen Plan, jemanden, der ihr riet, was sie unternehmen konnte. Aber wem sollte sie sich anvertrauen? Von ihren Plänen wusste außer Sascha niemand. Zumindest nicht von ihr. Sie hatte nicht geredet, aber konnte sie sich bei Sascha sicher sein?

Sascha. Erst jetzt drang in ihr Bewusstsein, was passiert war. Sascha war tot. Sie spürte Trauer. Sein Gesicht tauchte vor ihrem inneren Auge auf. Sein Lachen. Sein Hunger auf Leben. Sie hatte ihn gemocht, egal was er angestellt hatte. Als seine Eltern, völlig überfordert von seinen Eskapaden, ihn rausschmissen, hatte sie ihm den leer stehenden Wohnwagen angeboten. Sie verstanden sich auf Anhieb, hatten trotz des Altersunterschieds viele Gemeinsamkeiten entdeckt. Sie dachte an den Joint, den er gedreht hatte, den ersten in ihrem Leben, und lachte laut auf. Den irritierten Gesichtsausdruck ihres Gegenübers ignorierte sie und hielt die Zeitung höher vor ihr Gesicht.

Für eine halbe Stunde hatte sie tatsächlich alles in Rosarot gesehen. Alles war so easy. Nirgendwo Probleme. Sie hatten Pläne geschmiedet. »Grasträumereien« nannte Ingeborg sie später lachend. Den Träumen folgte der Hunger, und sie hatte alles gegessen, was sie in die Finger bekommen hatte, vor allem Süßes. Albern war sie geworden. Am nächsten Morgen erwartete sie ein gewaltiger Katzenjammer. Nichts sah mehr rosa aus. Der Alltag hatte sie wieder. Schlimmer als je zuvor. Die Träume waren geblieben. Gemeinsam hatte sie weiter Pläne geschmiedet.

Jetzt war alles aus und vorbei. Mit Saschas Tod war ihre Fahrkarte in die Freiheit, Eintritt in ein neues Leben, ihre Zukunft verloren. Was ihr blieb, war Werner und der Campingplatz.

Während ihrer Grübeleien verging die Zeit rasend schnell und die Stimme aus dem Lautsprecher kündigte den nächsten Halt an. Düren, sie musste aussteigen. Sie stand auf, sah sich hilfesuchend um und ein anderer Fahrgast half ihr, das Gepäck herunterzuholen. Sie bedankte sich, der Zug hielt an und sie stieg aus.

Einen Moment blieb sie ruhig auf dem Bahnsteig stehen, um Kraft zu tanken. Sie wusste nicht, wie sie ihrem Mann gegenübertreten sollte. In Gedanken hatte sie ihn Hunderttausendmal betrogen. Ihre Ehe verraten, ihre Freundschaft hintergangen. War sie ein schlechter Mensch? Weil sie mehr als diesen Campingplatz wollte, mehr als grüne Bäume, Wanderwege, den Rursee und die ewig gleichen Typen von Touristen? Sie wollte nicht immer vernünftig sein. Lieber Geld ausgeben, statt es auf dem Sparbuch anzuhäufen. Sie wollte etwas erleben, sich mal einen Hauch von Luxus gönnen.

Sollte sie mit Werner reden? Ihm reinen Wein einschütten? Er würde es nicht verstehen, da war sie sich sicher. Sie zog den Koffer hinter sich her und ging zum Taxistand. Sie hatte keine Lust auf die Rurtalbahn. Werner würde diese Luxusausgabe nicht nachvollziehen können und mit ihr schimpfen, aber sie liebte Taxi fahren. Eine Bequemlichkeit, entgegen jeder Vernunft. Es war ja nicht so, dass sie es sich nicht leisten konnten. Geld war genug da. Nicht Unsummen, aber so sparsam wie Werner immer war, mussten sie wirklich nicht sein. Ingeborg hasste es, für jeden Cent, den sie ausgab, Belege vorzuweisen. Das nervte sie am meisten. Werner vertraute ihr, das betonte er immer wieder, doch er war der Meinung, es sei sinnvoll, Belege zu sammeln, um zu wissen, wofür man das Geld ausgab. Verschwendung war ihm ein Gräuel.

Sie erinnerte sich an das Theater vor ein paar Jahren, als sie eine Flasche Champagner – ohne ersichtlichen Grund – gekauft hatte und sie an einem Mittwochabend geöffnet und zum Nachtisch serviert hatte. Er wäre beinahe am ersten Schluck erstickt.

»Es gibt keinen Grund zu feiern. Ich wollte etwas Schönes für uns beide, einfach so.«

Werner hatte sie nach seinem Hustenanfall immer noch völlig verständnislos angeschaut und den Kopf geschüttelt. Er probierte ein weiteres Mal, verzog das Gesicht und meinte, dass ihm ein Bier und ein Schnaps besser schmecken würden. Danach war er ins Bett gegangen und sie hatte die Flasche alleine getrunken. Es stimmte, von Champagner bekam man keine

Kopfschmerzen. Aber das schöne Gefühl, etwas Besonderes für sich gemacht zu haben, wollte sich auch nicht mehr einstellen.

Sie nahm das nächstbeste Taxi, ließ den Fahrer das Gepäck in den Kofferraum legen und lehnte sich in die Ledersessel. Taxis, zumindest die meisten, hatten einen luxuriösen Innenraum. Dieser Mercedes hatte schon ein paar Kilometer auf dem Tacho, aber die Ausstattung war vom Feinsten. Wer hier schon alles drin gesessen hatte?, überlegte sie, nachdem sie ihm das Ziel genannt hatte. Er schaue etwas irritiert. Wahrscheinlich fragt er sich gerade, was ich auf einem Campingplatz will, dachte sie. Mein Reden: Was hab ich dort zu suchen?

Die Fahrt dauerte nicht lange. Sie zahlte, stieg aus und wartete auf ihre Koffer. Der Fahrer bedankte sich für das Trinkgeld und fuhr ab. Sie schaute auf ihr Zuhause. Zuhause – was für ein Wort. Ein Name für einen Ort, aber kein Gefühl.

Es hatte sich nichts verändert. Was sollte sich auch in der kurzen Zeit verändert haben?

Dennoch war alles anders, als noch vor ein paar Tagen. Sie war anders. Und Sascha war fort. Für immer.

Sie schüttelte den Kopf, um diese Gedanken zu vertreiben. Sie musste sich zusammenreißen, ihren Mann gleich begrüßen und die Üblichen, die um die Theke herum saßen.

Ihre Gedanken wanderten zu ihren Bemühungen, das Restaurant zu etwas Besonderem zu machen. Im Moment kamen ihr ihre Anstrengungen lächerlich vor. Sie durchsuchte ständig alle Wohnideenzeitschriften nach neuen und günstigen Dekoideen. Wenn Geld zur Verfügung stand, konnte man selbst aus einer

Kaschemme eine stilvolle Gastwirtschaft machen. Aber wie immer, war Geld ihr Problem.

Sie holte tief Luft, setzte ein strahlendes Lächeln auf und trat ein. Ihr erster Gedanke war, dass ihr Farbkonzept gelungen war. Lila und weiß brachten Frische in die Räume. Ludmilla hatte die Tische passend gedeckt und selbst an Blumen als Schmuck gedacht. Auch wenn man bereits von Weitem sah, dass es sich um Plastikblumen handelte.

»Ingeborg, da bist du ja endlich!« Werner eilte auf sie zu. »Du ahnst nicht, was hier los war. Was ich durchmachen musste. Hier gab es letzte Nacht ein Unglück. Sascha ist tot.« Werner blieb vor ihr stehen und sah ihr ernst ins Gesicht. Er half seiner Frau weder aus dem Mantel noch nahm er ihr den Koffer ab. Kein »Ich habe dich vermisst« oder »Schön, dass du da bist«.

Stattdessen: »Das war eine Aufregung. Hab die halbe Nacht nicht geschlafen, du bist nicht ans Telefon gegangen. Und der Christof, du kennst noch, oder?, hat ihn gefunden.«

»Hallo«, sagte sie monoton. »Ich habe es gelesen. Es war schon in der Zeitung.«

Mehr sagte sie nicht. Sie ging langsam auf die Theke zu und schaute einen nach dem anderen an, während sie ihre Handschuhe auszog. Die üblichen Verdächtigen. Jupp stand da und grinste sie alkoholisiert an, Rudi nickte ihr zu, Ludmilla hantierte in der Küche, das Geklapper des Geschirrs war nicht zu überhören. Und Werner. Schlecht sah er aus.

Sie fragte sich, warum sie überhaupt hierher zurückgekommen war. Sie hätte fortbleiben sollen. Im Zug sitzen bleiben, dem Taxifahrer ein anderes Ziel angeben sollen. Für heute war es zu spät. Sie drehte sich dem fremden Mann zu, der ihr bekannt vorkam. Langsam erinnerte sie sich und zum ersten Mal fühlte sich ihr Lächeln nicht falsch an.

»Christof! Wie schön, Sie zu sehen. Lange ist es her.« Sie siezte ihn. Er war ein erwachsener Mann, sie hatten sich lange nicht gesehen. Sie hielt nichts von Werners Gewohnheit, jeden zu duzen.

Als Christof aufstand, bemerkte sie, dass er etwas blass um die Nase und wackelig auf den Beinen war. Ob das von den Aufregungen, eine Leiche gefunden zu haben, oder vom Alkohol kam, konnte sie nicht einschätzen. Seine Augen wirkten müde, umrahmt von dunklen Rändern.

»Frau Donner, Sie sind überhaupt nicht älter geworden«, begrüßte er sie. Sie nahm an, dass dieser merkwürdige Satz ein Kompliment sein sollte.

»Wo ist Ihre reizende Freundin? Wie heißt sie noch? Geben Sie mir einen Moment.« Der Name fiel ihr tatsächlich ein. »Sabine. Ist sie im Wohnwagen? Oder reisen Sie wie früher mit Zelt?«

»Ich habe mir ein Wohnmobil gemietet. Eigentlich will ich nach Frankreich. Ich dachte, ich mache in der alten Heimat einen Zwischenstopp und sage Hallo. Und ich bin alleine. Sabine hat einen Anderen.«

Oh, dachte Ingeborg. Das scheint noch ganz frisch zu sein. Hoffentlich erzählt er mir jetzt nicht seine Geschichte vom Verlassenwerden. Das ertrage ich nicht.

»Wie schade«, sagte sie, »Sie passten so gut zusammen, waren ein nettes Paar.«

Eine unpassendere Bemerkung hätte sie nicht machen können. Es folgte betretenes Schweigen, bis Ludmilla auf sie zugestürmt kam.

Eine herzliche Umarmung — wie erwartet. Ein Willkommensküsschen, der obligatorische Schnaps, Floskeln, wie sehr sie vermisst worden war — alles vorhersehbar.

Veränderung. Sie brauchte unbedingt Veränderungen. So ging es nicht weiter, sonst würde sie verrückt werden. Es war höchste Zeit, dass sie etwas unternahm.

ACHT

Wappenschmidt schaute erst auf die Berichte und dann auf das Telefon. Sascha, zweiundzwanzig Jahre alt, die besten Jahre noch vor sich, mitten aus dem Leben gerissen. Die Kollegen der Kriminalwache waren seiner Meinung gewesen und hatten einen Unfall ohne Fremdeinwirkung als Todesursache attestiert. Es waren Blutflecken und Haare des Toten am Steg gesichert worden und auch die Lage des Körpers ließ keinen anderen Schluss zu. Der junge Mann war ausgerutscht, hatte sich am Kopf lebensgefährlich verletzt und war an den Folgen gestorben. Jetzt galt es noch, die Freigabe der Staatsanwaltschaft abzuwarten, bis der Bestatter den Leichnam in Empfang nehmen konnte. Wappenschmidt nahm den Kugelschreiber zur Hand und drehte ihn hin und her. In unregelmäßigen Abständen drückte er die Miene heraus, um ein Kreuz auf seinen Notizblock zu zeichnen.

Er rief sich die vergangenen Begegnungen mit Sascha in Erinnerung. Der junge Mann war immer wieder mal aufgefallen. Mal wegen eines frisierten Mofas, dann wegen Ruhestörung. Er war von klein auf ein Wildfang gewesen und hatte seinen Eltern viele schlaflose Nächte bereitet. Elli, seine Mutter, reagierte mit zu viel Nachsicht und Alfred, der Vater, mit Strenge. Alle Versuche, ihn zu bändigen, scheiterten. Saschas Vater hatte ihn so erzogen, wie er selbst erzogen worden war, mit harter Hand, die auch manchmal zuschlug. Früher krähte kein Hahn danach, es war üblich. »Hat mir auch nicht geschadet«, war Alfreds Standardspruch.

Rudi seufzte. Kinder sollten nicht vor den Eltern sterben. Die Nachricht von Saschas Tod war wie ein Lauffeuer durch den Ort gegangen. Er hätte es wissen müssen, dass Elli und Alfred davon erfuhren. Als sie auf einmal auf dem Campingplatz aufgetaucht und ihn fragend angeschaut hatten, hatte er sich müde gefühlt. Jobmüde. Er wollte nicht mehr Todesnachrichten überbringen. Dann lieber Verkehrsteilnehmer auf Drogen überprüfen. Das war sinnvoll, lieferte Erfolgserlebnisse und hatte eine abschreckende Wirkung. Letzte Woche waren bei einer Überprüfung zur Mittagszeit sieben unter Betäubungsmittel stehende Fahrer angehalten worden. Sieben! Er hatte es nicht glauben wollen und verstand die Welt nicht mehr. Warum mussten die Leute ihre Sinne benebeln? War die Welt, so wie sie war, unerträglich geworden, dass man sie nüchtern nicht mehr ertragen wollte?

Es folgten weitere Kreuze. Mütter mit Kinderwagen, Hundebesitzer, alte Menschen mit Rollator lebten gefährlicher, als sie sich in ihren wildesten Fantasien vorstellen konnten.

Wieder tauchten Ellis und Alfreds Gesichter vor seinem inneren Auge auf. Sie hatten sich eingebrannt. Ellis Tränen, Schreie. Alfreds Schweigen und sein leerer Blick. Was ging in ihnen vor? Machten sie sich Vorwürfe, dass sie alles falsch an der Erziehung ihres Sohnes gemacht hatten? Dass sie schuld an seinem Fehlverhalten waren, weil sie ihn nicht von dem schlechten Umgang und Drogen hatten fernhalten können?

Dabei fielen ihm die vielen Male ein, bei denen er Sascha erwischt, aber dennoch beide Augen zugedrückt hatte. Zum einen, um Alfred und Elli nicht noch mehr Kummer zu bereiten und zum anderen, an Saschas Vernunft zu appellieren. Vergeblich.

Rudi schaute erneut zur Uhr, nickte und griff zum Telefon. »Morgen, Kalle. Ja, was für eine Nacht. Wer braucht schon Schlaf? Wird völlig überbewertet.«

Es folgten noch einige Sprüche. Man kannte sich. »War irgendwie klar, dass es mit dem Sascha kein gutes Ende nehmen würde, oder? Mensch, Mensch. Was wollte der eigentlich auf dem Campingplatz um diese Uhrzeit?«, fragte Kalle.

»Weißt du das gar nicht? Elli und Alfred hatten ihn vor die Tür gesetzt nach der letzten Geschichte. Kann man ja verstehen, dem Jungen mussten mal Grenzen aufgezeigt werden. Elli hat dann aber hinter Alfreds Rücken mit Werner abgemacht, dass er auf dem Campingplatz bleiben konnte. Sie hat bezahlt, und Werner sollte auf ihn aufpassen. Ist irgendwie nicht aufgegangen, der Plan. Aber ich nehme an, Sascha wollte noch eine rauchen in der Nacht. Die Spurensicherung hat auch Kippen gefunden, oder?«

»Ja. Seine Marke. Die halbvolle Schachtel steckte in seiner Hemdtasche.« Einen Moment blieb es still in der Leitung, bevor Kalle plötzlich laut lachte. »Da kriegt der Begriff der letzten Zigarette eine ganz andere Bedeutung!«

Rudi verzog das Gesicht. Kalles Humor war nicht seiner. »Also eindeutig Unfall, oder?«

»Ganz klarer Fall. Ich spreche gleich noch mit der Staatsanwaltschaft. Wir wollen die Eltern nicht länger als nötig warten lassen. Dann kann die Beerdigung schnell erfolgen.«

Das würde Elli gerne hören. Soweit er wusste, plante sie bereits die Bestattung. Er würde auch hingehen müssen.

Den Stift legte er zur Seite und schaute aus dem Fenster. Die Übelkeit kam völlig unerwartet. Er schaffte es gerade noch rechtzeitig zur Toilette und übergab sich.

NEUN

Observierungen kannte Christof nur aus Büchern und dem Fernsehen. Die halbe Nacht hatte er überlegt, wie er unauffällig beobachten konnte. Sollte er wirklich mit Fernglas und Fotoapparat hinter Ingeborg herlaufen und es offiziell als Vogelerkundung tarnen?

Er blickte zur Uhr und erschrak. Bereits zehn. Er stand auf, wusch sich nur oberflächlich und zog sich an. Nach einem Blick in seinen Kühlschrank, beschloss er im Restaurant zu frühstücken. Ludmilla war zwar eine aufdringliche und viel zu laute Person, aber immerhin gab sie einem nie das Gefühl, alleine zu sein. Und er musste an seinen Auftrag denken.

Ein paar Wolken waren am Himmel und er entschied sich für einen dicken Fleecepullover. Draußen überraschte ihn ein heftiger Wind.

»Guten Morgen zusammen«, rief er, eine Spur zu laut, beim Eintreten ins Bistro. An der Theke saßen Werner, Jupp und dieser Polizist. Vielleicht der richtige Zeitpunkt, um von den Fotos und den Schuhen zu reden. Den Gedanken verwarf er bei den Worten Wappenschmidts.

»Da ist ja unser Unglücksrabe. Was macht der Kopf?«

Der Typ nervte. Irgendwann musste es auch mal gut sein.

»Alles in Ordnung. Ich brauche einen Kaffee. Stark und süß. Habe leider nichts in meinem bescheidenen, temporären Heim.«

Ludmilla strahlte ihn an. »Kaffee habe ich gerade aufgesetzt. Setzen Sie sich, ich bringe Ihnen alles.«

»Wo ist Ingeborg? Sie lässt es sich doch sonst nicht nehmen, das Frühstück vorzubereiten.«

»Meiner Frau geht es nicht gut. Sie klagt über Kopfschmerzen und Übelkeit. Migräne. Ich sage ja immer, da hilft nur ein Spaziergang an unserer guten, frischen Luft, aber sie bevorzugt, im Bett zu bleiben. Hat sogar ihren Kaffee dort getrunken. Als wäre sie eine englische Lady.« Werner zog eine Grimasse, während er aufstand, um einen weiteren Barhocker für Christof zu holen. »An der Theke ist es immer noch am schönsten. Egal zu welcher Tageszeit.«

Christof nutzte die Situation und stellte sich dicht neben ihn. Flüsternd fragte er nach dem Fernglas.

»Ist schon erledigt. Liegt bereit.« Werner strahlte ihn an. »Ich habe auch noch ein paar Bücher rausgelegt, damit du dich fit machen kannst, falls jemand Fragen über Ornithologie stellt. Wäre blöd, wenn man dir sofort anmerkt, dass du keine Ahnung hast.«

Christof nickte. Er verschwieg, dass er sich bereits im Internet schlaugemacht und über eifelbeheimatete Vögel recherchiert hatte.

Der Kaffee war stark und gut und weckte seine Lebensgeister. Er griff zu einem Croissant und freute sich auf seine baldige Reise nach Frankreich. Werner verschwand ohne ein Wort der Entschuldigung und kam kurze Zeitspäter mit einem Stoffbeutel zurück, den er Christof reichte. »Für dich. Am besten machst du dich auf den Weg.«

Irritiert schaute Christof ihn an. »Aber«, er suchte nach Worten. Ingeborg lag im Bett. Was sollte er draußen?. »Ist es nicht schon zu spät für die Vögel?«, versuchte er die anstehende Observierung abzuwehren.

Werner blickte ihn böse an. »Es ist nie zu spät«, erwiderte er.

Christof stieg resigniert vom Hocker herunter. Gerne hätte er noch einen Kaffee getrunken, aber der aufforderungsvolle Blick Werners vermieste ihm den Genuss. »Dann will ich mal. Vögel beobachten. Wird Zeit.« Er sagte es laut, für alle Fälle, dass jemand zuhörte. Keiner nahm Notiz von ihm. Jupp las den Sportteil der Tageszeitung und schien das Interesse für alles um ihn herum, verloren zu haben. Ludmilla war in der Küche, sicherlich bereitete sie wohlklingende polnische Kalorienbomben zu.

Er war froh, dass er ihr nicht noch einmal in die Arme lief. Ihre Fürsorge betrachtete er mit Argwohn. Was sie wohl bezweckte? Oder wollte sie einfach nur freundlich zu ihm sein? Er hatte den unbefangenen Umgang mit dem anderen Geschlecht verlernt. Allein das Wort flirten jagte ihm einen Schauer über den Rücken und machte ihn mundfaul.

Er trat hinaus. Werner folgte ihm. »Damit du nicht auffällst, ist es wichtig, die Tarnung aufrecht zu erhalten. Musst ja nicht so lange unterwegs sein. Aber ich stehe für immer in deiner Schuld. Danke.«

Christof widersprach. »Alles gut. Ich versteh schon. Bis später.« Der Wind hatte zugenommen, ebenso wie die Wolken. Im Westen sah es tatsächlich nach Regen aus. Aus Spaß nahm er das Fernglas zur Hand und probierte, wie weit er damit gucken konnte. Als er es in Richtung des Waldes drehte, sah er jeden Tannenzapfen so deutlich, als hingen sie direkt neben ihm. Er wandte sich in Richtung seines Wohnmobils, als er stutzte. Das war doch Ingeborg! Warum schlich sie hier draußen herum, als verheimliche sie etwas?

Alle glaubten, sie läge mit Migräne im Bett, unfähig aufzustehen. Christof änderte seine Richtung und beobachtete im Schutz einer Mauer ihr Tun. Was machte sie da? Er sah, wie sie mit behandschuhten Händen ein Blatt Papier in der Hand hielt, kurz darauf blickte und es langsam zerriss. Dabei drehte sie sich immer wieder um und vergewisserte sich, dass niemand zuschaute. Mit zwei weiteren Blättern verfuhr sie genauso und versteckte die schmalen Streifen in der Mülltonne. Nicht wie zu erwarten in der Papiertonne, sondern in der ekligen Restmülltonne. Mit gespreizten Fingern nahm sie ein wenig Abfall heraus und stopfte dann die Schnipsel hinein. Mit dem zuvor Entnommenen deckte sie es wieder zu und entsorgte zum Schluss auch die Handschuhe. Noch einmal schaute sie sich um, bevor sie im Haus verschwand.

Christof zögerte nur einen Augenblick. Es war ekelig. Abstoßend. Bereits während des Zuschauens bildete er sich ein, den beißenden Müllgeruch wahrzunehmen. Das war natürlich Unsinn.

Hatte Werner recht? Was für Geheimnisse hatte eine Frau wie Ingeborg? An einen Liebhaber glaubte Christof immer noch nicht. Aber vielleicht waren es tatsächlich Liebesbriefe, die sie gerade im Müll entsorgte. Obwohl es natürlich nur eine Art gab, Liebesbriefe zu entsorgen: verbrennen. Selbst erprobt.

Er holte tief Luft und näherte sich der Abfalltonne. Sie war bis oben hin gefüllt, am nächsten Morgen war Abholtermin. Danach bliebe Ingeborgs Geheimnis für immer verborgen. Gut eingefädelt. Er öffnete den Deckel. Abrupt drehte er den Kopf zur Seite und verzog das Gesicht. Was für ein Gestank. Obenauf lagen die schwarzen Strickhandschuhe. Darunter lugten Papierstreifen hervor. Er vergewisserte sich, dass ihn niemand beobachtete, und suchte nach einem Stock oder dickeren Zweig. Ein paar Meter entfernt wurde er fündig. Er brach von einem Astwerk den dicksten ab und stocherte damit vorsichtig in dem Müllberg. Zum Glück lagen die Papierreste noch nicht so lange im Müll, dass sie vollkommen durchweicht waren. Mit noch immer angewidertem Gesichtsausdruck legte er seine Fundstücke frei und zog sie mit spitzen Fingern heraus. Er legte sie auf den Rand der Tonne und erkannte Buchstaben und Zahlen. Nach Liebesbriefen sah das nicht aus. Erneut stocherte er im Müll herum, um zu schauen, ob er alle Schnipsel gefunden hatte. Es sah so aus, jetzt galt es die Papiere sicher zu transportieren. Er überlegte einen Moment, an seinen Möglichkeiten, nahm dann das Fernglas aus dem Beutel und hängte es sich um den Hals. Vorsichtig legte er die Papierschnipsel in die Tasche und brachte sie waagerecht tragend in sein Wohnmobil.

ZEHN

Offiziell lag sie im Bett mit Migräne, unfähig aufzustehen. Das bewahrte sie vor unliebsamen Besuchen. Den letzten Menschen, den sie jetzt um sich haben wollte, war ihr Mann. Werner mit seinen großen traurigen Augen, den Tränensäcken, den herunterhängenden Hamsterbacken. Seine nie nachlassenden Versuche, ihr jeden Wunsch von den Augen abzulesen. Da er sie in all den Jahren nicht verstanden hatte, waren seine Bemühungen zwecklos.

Ingeborg öffnete die Hintertür und huschte ins Haus. Einen Moment blieb sie stehen, lauschte, bevor sie die Treppen zu ihrem Schlafzimmer hinaufschlich, darauf achtend, dass sie die fünfte Stufe auslieβ, die furchtbar knarrte. In ihrem Zimmer angekommen, hängte sie den Wollmantel in den Schrank. Darunter trug sie einen rot-weiß karierten Pyjama, den ihr Mann ihr vor ein paar Jahren geschenkt hatte. Was wollte man von einem Mann erwarten, der seiner Frau zu Weihnachten einen Flanell-Schlafanzug im Clown-Design schenkte? Sie hatte ihn erstaunt angeblickt und den Kopf geschüttelt. Er hatte nichts gemerkt, sie nur erwartungsvoll angeschaut.

»Er passt so wunderbar zu deinen Haaren. Das hat die Verkäuferin auch gesagt.«

»Frau Bremen?«, hatte sie gefragt und er genickt. Frau Bremen führte ein Bekleidungsgeschäft in Düren. Seit fünfundachtzig Jahren im Familienbesitz. Das Sortiment erstreckte sich ebenfalls über Damenunterwäsche ab Größe 48, Strumpfhosen, Haushaltskittel, Handtücher und Bettwäsche. Dass es das Geschäft noch immer gab, lag zum einen daran, dass jeder Frau Bremen kannte und aus Gefälligkeit immer mal wieder etwas dort kaufte. Zum anderen an dem Reinigungsservice, den Frau Bremen seit ein paar Jahren anbot. Außerdem war sie die Anlaufstelle für Klatsch und Tratsch. Sie wusste alles. Von jedem. Immer.

Sobald Ingeborg wieder einen klaren Gedanken fassen konnte, würde sie Frau Bremen aufsuchen. Dann hatte sie alle Informationen, die sie über Saschas Tod wissen musste und was man im Allgemeinen so darüber dachte. Ansonsten tat man gut daran, sich nicht auf Frau Bremens Geschmack zu verlasen. Irgendwie war ihr Modebewusstsein in den Sechzigerjahren steckengeblieben. Obwohl rote Haare für Ingeborgs Stilempfinden noch nie gut zu rot-weiß karierten Flanellpyjamas gepasst haben. Weder damals noch heute.

Sie musste nachdenken. Aber sie konnte keinen klaren Gedanken fassen. Gab es jemanden, der von Saschas und ihren Plänen wissen konnte? Vielleicht Kevin, Saschas bester Freund. Obwohl sich die Freundschaft abgekühlt hatte, seit Kevin eine Lehre als Immobilienkaufmann begonnen hatte. Die Zeiten, in denen sie gemeinsam mit Gras dealten, waren lange vorbei.

Ingeborgs Versuch, Rudi auszufragen, was mit Sascha tatsächlich passiert war, hatte nicht viel Neues gebracht. Dabei musste sie bei ihren Nachforschungen aufpassen, dass sie sich nicht verdächtig machte. Rudi hatte sie merkwürdig angesehen, dennoch bereitwillig

Auskunft gegeben. Vielleicht bildete sie sich auch alles nur ein. Aber Fakt war, dass Sascha nicht zum vereinbarten Treffpunkt gekommen war und sie keine Erklärung für sein Fernbleiben hatte. Warum war er nicht nach Amsterdam gekommen? Was hatte ihn aufgehalten?

Sie hatte vor dem Coffeeshop gewartet, hatte sich belächeln lassen. Irgendwann kam ein Mann auf sie zu, hatte süffisant gelächelt und gefragt: »Du suchst was?«

Heftig hatte sie den Kopf geschüttelt und sich zum Gehen umgedreht. Er hielt sie an der Schulter fest und bevor sie ihn abwehren konnte, beugte er sich zu ihr und flüsterte in ihr Ohr: »Falls du von ihm kommst, bestell einen schönen Gruß, und er soll sich vorsehen.«

Die Worte bescherten ihr eine Gänsehaut. Obwohl sie normalerweise vor nichts und niemandem Angst hatte, zitterten ihre Knie, sie war sie zu Tode erschrocken. Wer sollte sich vorsehen? Mit der Warnung konnte ja nur Sascha gemeint gewesen sein, denn in diesem Coffeeshop sollte das Treffen stattfinden.

Vielleicht war alles auch eine große Verwechselung. Die Vorstellung war reizvoll, aber unwahrscheinlich. Jemand musste auf Sascha gewartet haben. Und auf sie.

Und wieder kreisten ihre Gedanken um das *Warum*. Sie fand keine Antworten. Hing Saschas Tod mit Amsterdam zusammen? Sascha hatte mit Kontakten geprahlt. Sie müsse nur den Stoff anbauen, für den Rest wäre er verantwortlich. Waren diese Kontakte verantwortlich für Saschas Tod? Aber das wäre unsinnig, es gab noch gar keine Ware.

Sie wusste weder, mit wem Sascha Kontakt aufgenommen hatte, noch was er erzählt hatte. Sie kannte seine Neigung, zu übertreiben, und konnte nur spekulieren, ob Sascha auch ihren Namen genannt hatte. Aber die eine Frage, die ihr die Ruhe nahm, blieb. Was, wenn Saschas Tod gar kein Unfall war und mit ihren Plänen zusammenhing. Was, wenn man es jetzt auf sie abgesehen hatte? Sie flüchtete tiefer unter ihre Bettdecke.

Diese Idee wagte sie nicht zu Ende zu denken. Sie hatte Angst. Zum ersten Mal in ihrem Leben fühlte sie eine Furcht in sich, die sich nicht mit mutigen Sprüchen und selbstbewusstem Auftreten wegwischen ließ. Dabei klang alles so harmlos. Ein bisschen Gras. Macht doch jeder mal. Zusammen fantasierten sie uns Sascha: Eine Hanfplantage errichten. Das war die Lizenz zum Geld verdienen. In einer von Werners Scheunen, die auf dem Land seines Vaters standen und allmählich verfielen. Die lagen so weit abseits, dass niemand auffiel, wenn man sie zweckentfremdete.

Saschas Begeisterung war ansteckend. Er sprach von unglaublichen Gewinnen. Gemeinsam hatten sie vor sich hingeträumt, was sie dann alles machen würden. Sie hätten nie wieder Geldsorgen, könnten endlich die Eifel verlassen und irgendwohin ziehen, wo das Leben war und sie nicht das Gefühl hatten, lebendig begraben zu sein. Die Welt bereisen: Las Vegas, San Francisco, Thailand. Und vor allem New York. Ihre Stadt.

Ob mit oder ohne Werner – das war ihr egal. Sie mochte ihn, hatte aber die Verwurzelung zu seiner Heimat nicht teilen können, in all den Jahren nicht. Wenn sie ganz ehrlich zu sich selbst war, würde sie ihn auch nicht vermissen.

Doch mit Saschas Tod schienen ihre Träume zunichtegemacht. Ihr fehlten das Know-how, die Kenntnisse der Materie und die Kontakte.

Das, was sie leisten konnte, beschränkte sich auf das Kaufen und Pflegen der Pflanzen. Aber der Rest? Es sollte kein Heimgarten, sondern eine riesige Plantage werden. Sie wusste noch nicht einmal, wie sie die Ware verkaufen konnte. Sich noch einmal vor einen Coffeeshop stellen und auf Kundschaft warten, schien keine Option. Sie schüttelte den Kopf. Eine Anzeige im Internet war wohl ebenso wenig angebracht. Wie naiv sie doch gewesen war. So berauscht von der Vorstellung, dass das Leben eine andere Wendung nehmen könnte.

Sicherheitshalber hatte sie Saschas Kritzeleien über die Planung der Hanfplantage vernichtet. Es schien eine gute Idee, keine Beweise für eine Verbindung zwischen ihm und ihr zu behalten. Im Zweifel würde sie einfach alles abstreiten. Wer wollte das Gegenteil beweisen?

Erneut atmete sie tief ein. Jetzt bekam sie tatsächlich Kopfschmerzen. Das war das Letzte, was sie im Moment gebrauchen konnte. Wie sollte man mit diesem Druck denken? Sie schloss die Augen. Schlafen half. Immer. Nur heute nicht. Es war wie verhext. Jedes Mal, wenn sie ihre Augen schloss und mit aller Konzentration, die ihr zur Verfügung stand, versuchte, an nichts zu denken, spielte ihre Fantasie verrückt. Gangsterfilme fielen ihr ein. Auftragskiller, die, getarnt als brave Camper, ihre Aufträge ausführten. Mit aller Kraft schob sie diese Gedanken zur Seite.

New York. Das war etwas, wovon sie immer träumen konnte. Zu jeder Tages- und Nachtzeit. Ihr großes Ziel. Ob es solche Geschäfte wie das von Frau Bremen auch in New York gab? Irgendwo in Little Italy oder China Town? Sie legte sich unter die Daunendecke und zog sie bis unter das Kinn. Sie schloss die Augen. Sie wollte weg. Weit weg. Die Stadt, von der Frank Sinatra behauptete, dort sei alles möglich, lag nun wieder in weiter Ferne, unerreichbar seit Saschas Tod. Ihr blieb nur das Träumen. Doch der Gedanke, dass nun ein Drogenkartell hinter ihr her war, ließ sich nicht verdrängen und legte sich wie ein eiserner Ring um ihre Brust.

ELF

»Der Bestatter hat angerufen. Die Freigabe ist da.« Ellis Stimme klang geschäftsmäßig. »Er kümmert sich um alles. Er kommt heute Nachmittag wegen der Modalitäten. Der Pfarrer auch. Ich denke, die sollen miteinander reden. Hast du besondere Wünsche? Musik? Oder etwas, was erwähnt werden soll?«

Alfreds Gesicht blieb ausdruckslos. Er schüttelte den Kopf. Er sprach nicht mehr, seit er von Saschas Tod erfahren hatte, und beschränkte seine Kommunikation auf Handzeichen und Kopfnicken. Er verstand seine Frau nicht. Wie viele Nächte hatte sie in der Vergangenheit um Sascha geweint? Sobald sie ihm Bett lagen, mit viel Abstand zwischen sich, hatte sie ihn mit Ängsten und Befürchtungen bombardiert. Dabei nicht mit Selbstvorwürfen gespart — bis zur Selbstzerstörung. Dass sie zu alt war. Alles falsch gemacht hatte, weil sie mit Saschas Temperament nicht zurechtgekommen war. Dann hatte sie Fotoalben aus dem Schrank geholt und angefangen, die Babyfotos zu betrachten und in Erinnerungen zu schwelgen. Wie sie damals noch voller Träume gewesen war. Sascha sollte Arzt werden, das hatte sie sich immer gewünscht. Oder Rechtsanwalt. Zumindest etwas Ordentliches. Er sollte es mal besser haben. Der Wunsch aller Eltern. Dabei begannen die Probleme bereits im Kindergarten. Wenn die Erzieherin das Gespräch suchte, weil Sascha log oder andere Kinder verhaute, glaubte Elli ihr nicht. Sascha sagte immer, dass die anderen angefangen hatten, ihn nicht mochten, gemein zu ihm waren. Er musste sich doch wehren! Alfred hatte gehofft, dass es in der Schule besser werden würde. Weit gefehlt. Sascha kam in der Gemeinschaft nicht klar. »Auffällig« hatte ihn die Lehrerin beschrieben. Aber egal, was Sascha anstellte, Elli stand immer hinter ihm. Verteidigte ihn, was das Zeug hielt, entschuldigte sich an seiner statt, beglich alles mit Geld, wenn es mit netten Worten nicht getan war. Jetzt war Sascha tot. Alfred wusste nicht, was er erwartet hatte. Aber seine Frau verhielt sich in seinen Augen unnatürlich. Er hatte erwartet, dass sie zusammenklappen und sich in Heulkrämpfen verlieren würde. Nein, das Gegenteil war der Fall. Sie war geschäftsmäßig, wirkte fast ... – nein, so durfte er nicht denken. Jeder trauert anders, sagte er sich.

»Ave Maria ist schön. Passend, nicht wahr? Das würde unserem Sascha gefallen.«

Sicher nicht, dachte Alfred, nickte aber zustimmend. Ave Maria gefiel ihr, weckte in ihr Gefühle. Sascha hätte mit Sicherheit etwas anderes gemocht. Alfred kannte sich nicht aus. Aber es war schon immer so gewesen, dass die Generationen andere Musik mochten. Das war unumstößlich und gehörte sich auch so. Aber Elli tat nun, als sei Sascha ein Engel gewesen. Ihr nächster Satz bestätigte seine Gedanken.

»Ein weißes Totenhemd mit Spitze wünsche ich mir. Das muss ich dem Bömmes sagen. Bloß keine Jeans. Und keine Turnschuhe, die sind ja schuld an allem.«

Er hörte keine Gefühle aus ihren Sätzen heraus. Keine Trauer, keine Verzweiflung. Jeder trauert anders, dachte er zum wiederholten Male. Es hilft ihr, sich mit der Beerdigung zu beschäftigen. Sie verdrängt ihren

Schmerz, lässt ihre Emotionen nicht aufkommen, weil sie sonst zusammenbricht. Das war seine Erklärung, eine, die ihm logisch erschien. Sonst müsste er glauben, dass sie ...

Wieder kehrten die Zweifel, die Verdächtigungen zurück. Sie war in der Nacht, als Sascha umkam, aufgestanden. Hatte mal wieder nicht schlafen können. Wie so oft, war sie vor die Tür gegangen, eine Runde ums Haus gelaufen. So sagte sie. Aber wenn sie weiter gegangen war? Zum Campingplatz, um mit ihm zu reden? Und dann ... Nein, das war irrsinnig und unmöglich.

Auch er hatte sich in all den Jahren gefragt, was er in der Erziehung seines Sohnes falsch gemacht hatte. Er hatte seinen Jungen erzogen, wie es sein Vater auch getan hatte. Was für ihn gut gewesen war, konnte Sascha doch nicht schaden! Aber alles war falsch gelaufen, Sascha hatte eigene Vorstellungen. Egal was sie versuchten, es war verkehrt. Versprachen sie ihm ein Mofa, wenn die Schulnoten gut waren, beschimpfte er sie als Erpresser. Es schien, als gab sich Sascha erst recht keine Mühe mehr. Das Moped bekam er trotzdem und er hatte nichts Besseres zu tun, als es zu frisieren. Natürlich erwischte man ihn und es gab Sozialstunden.

Elli hatte dann immer gebrüllt: »Willst du mich denn ins Grab bringen?« Und ihren Ausbruch theatralisch untermalt. Jetzt, wo sein Sohn nicht mehr lebte, fühlte er sich ihm seltsam nahe. Zumindest was Elli anging. Gegen sie konnte man entweder rebellieren oder sich ergeben. Sascha hatte rebelliert, er, Alfred, hatte sich gefügt. Er hätte ihn mehr unterstützen und beistehen müssen und ihn vor dem Rieseneinfluss und der Behüterei seiner Frau beschützen müssen. Mal mit ihm einen trinken gehen und ein Männergespräch führen. Inklusive Lästerei. Vor allem über anderes als Moral, Pflichten und gesellschaftliche Zwänge. Er konnte sich nicht an ein einziges Gespräch mit seinem Sohn erinnern, das nicht im Streit geendet hatte. Er hatte alles falsch gemacht.

»Eiche. Massiv. Das ist doch auch in deinem Sinn, oder?« Elli riss ihn aus seinen Überlegungen. Er spürte ihre Blicke auf sich. »Alfred, hörst du mir überhaupt zu?«

Er schüttelte den Kopf. Sah fassungslos in ihre Augen, die wach und lebhaft wirkten. Ein Rätsel, wie sei das machte. An was hielt sie sich fest?

»Der Sarg«, wiederholte sie. »Ich denke, Eiche, massiv ist richtig. Er hat ja schließlich mal als Schreiner gearbeitet. Wenn auch nur kurz.«

Dass Sascha die Lehre geschmissen hatte, war ein riesiges Drama gewesen. Sie hatte ihren Schwager angefleht, ihn wieder aufzunehmen, Saschas überstürztes Handeln zu ignorieren. Sie hatte ihm sogar angeboten, die Ausbildungsvergütung zu übernehmen, bloß damit ihr Junge, zumindest auf dem Papier die Möglichkeit einer Ausbildung hatte. Diese ewigen Diskussionen, die zu nichts führten. Alfred musste seinem Bruder recht geben. Saschas Verhalten war unentschuldbar.

»›Der Herr gibt und der Herr nimmt.‹ Das ist ein schöner Trauerspruch, nicht wahr? Den sollten wir auf die Karten drucken lassen. Und natürlich groß in der Zeitungsanzeige. Ich überlege an einem Foto. Es gibt gar kein Aktuelles. Aber vielleicht wäre eins von früher, ein Kindergartenfoto sowieso besser. Es war ein solches süßes Kind.«

Für Alfred war das zu viel. Langsam erhob er sich und ging, ohne seine Frau anzuschauen, hinaus. Schlug die Tür hinter sich zu und ging los. Er brauchte Stille. Wie in Trance lief er über das Kopfsteinpflaster, an der Burg entlang. Er glaubte seinen Namen zu hören, drehte sich um und sah ein paar hundert Meter entfernt Rudi Wappenschmidt, der ihm zuwinkte. Alfred schüttelte den Kopf, ohne seine Schritte zu verlangsamen. Er wollte niemanden sehen, mit niemandem reden. Der Druck auf seiner Brust nahm zu. Er brauchte Luft, wollte atmen können. Die Worte, die er seit Saschas Tod für sich behalten hatte, drohten ihn zu ersticken. Er bog in den Waldweg ab. Er musste Bäume sehen, die herabfallenden Blätter unter seinen Füßen spüren. Sascha ist tot, hämmerte es in seinem Kopf.

Er verließ den vorgezeichneten Weg, stolperte durch den Wald. Ging auf die Knie, rappelte sich wieder auf. Er lief weiter, als sei der Teufel hinter ihm her. Als die Stiche in seiner Brust zunahmen, hielt er an. Lehnte sich an einen Baum und atmete in kurzen und heftigen Stößen. Er schloss die Augen. Sein Mund öffnete sich. Die Wut ließ sich nicht mehr im Zaun halten. Bahnte sich einen Weg aus ihm heraus. Nichts hielt sie auf. Gipfelte in einem ohrenbetäubenden Schrei. Er hämmerte mit dem Kopf gegen den nächsten Baumstamm. Er nahm seine Fäuste zu Hilfe. Der körperliche Schmerz nahm zu, ohne die Seelenpein zu übertrumpfen. Wieder und wieder brüllte er. Kein Wort, nur ein Klagelaut, in dem sich seine ganze Trauer vereinte. Er hatte jegliches Zeitgefühl verloren.

Irgendwann hielt er völlig erschöpft inne. Er kauerte auf dem Boden. Schweiß rann ihm den Rücken entlang. Seine Hände bluteten. Sein Kopf schmerzte. Er wischte sich mit dem Ärmel die Schweißperlen von der Stirn. Er öffnete den Mund, bewegte die Kiefer hin und her. Es knackte.

Die Erkenntnis, dass er allein und einsam war, traf ihn tief. Er hatte niemanden, mit dem er reden konnte. Als Vater hatte er versagt. Als Ehemann ebenfalls.

Sascha war tot, seine Frau flüchtete sich in Trauerrituale. Wie würde das Leben mit Elli in Zukunft werden? Warum konnten sie den Verlust nicht gemeinsam tragen? Und plötzlich dachte er den Gedanken zu Ende, den er sich die ganze Zeit verboten hatte. Das Gefühl, das ihn die ganze Zeit beschlich. Elli war erleichtert, vielleicht sogar froh, dass ihr Sohn tot war. Ihr Leben hatte eine Sorge weniger.

ZWÖLF

Das war ja ein Ding. Was hatte Ingeborg für Geheimnisse? Warum verkroch sie sich mit Migräne ins Bett und vernichtete dann doch heimlich Beweismittel? Er schüttelte den Kopf. Beweismittel. Was fielen ihm denn für Wörter ein? Er benahm sich schon wie ein drittklassiger Privatdetektiv in einem Low-Budget-Film. Wahrscheinlich war das alles harmlos, versuchte er sich zu beruhigen.

Irgendeine Bedeutung mussten die Papiere haben, sonst wäre es Ingeborg nicht so wichtig, sie zu vernichten. Das wiederum hieß, dass sie eine gewisse Brisanz für jemanden hatten und nicht in falsche Hände geraten durften. Liebesbriefe hatte er bereits ausgeschlossen. Andererseits konnten diese Zahlen und Buchstaben ein ausgeklügeltes System einer Geheimschrift sein. Liebende, die zu solchen Mittel griffen? Unsinn. Aber warum war es ausgerechnet jetzt, nach Saschas Tod, wichtig, Briefe zu beseitigen? Das war merkwürdig. Vor allem, weil es gar nicht zu der Ingeborg zu passen schien, die er kennengelernt hatte. Sie ließ sich von nichts und niemanden einschüchtern.

Vorhin hatte sie ihm allerdings einen ganz anderen Eindruck vermittelt. Da war nicht viel übrig von der selbstbewussten Gattin eines Eifler Urgesteins, die auf gute Manieren und höfliche Umgangsformen bestand.

Er nahm den Beutel und schüttete den Inhalt auf den Tisch. Obwohl das Papier nur sehr kurze Zeit zwischen dem Müll gelegen hat, kroch ihm ein unangenehmer Geruch in die Nase. Er hätte Küchenpapier oder Folie unterlegen sollen, nun war es zu spät. Nach vier Atemzügen hatte er sich daran gewöhnt und arbeitete konzentriert daran, die einzelnen Streifen zu sortieren. Durch die Feuchtigkeit war die Schrift etwas verlaufen und es war schwierig, die Puzzleteile zusammenzusetzen.

Mit leicht geöffnetem Mund, damit er nicht durch die Nase einatmen musste, saß er mit nach vorn gebeugtem Oberkörper an seinem Tisch. Den Gedanken, ein Fenster zu öffnen, verwarf er wieder, damit seine Arbeit nicht durch einen plötzlichen Windstoß durcheinandergewirbelt wurde.

Er schüttelte den Kopf. Bis jetzt hatte er noch keinen verständlichen Satz lesen können. Es schien kein Brief zu sein. Eher eine Liste. Allerdings mit vielen Abkürzungen. Auf dem Schnipsel, den er gerade in der Hand hielt, las er: »ESL«. Was war das? »NDL u. MHL«. Auf dem nächsten stand: »St.Wol. Flutt. Sam. NL. 15.000-20.000«. Ob das Eurobeträge waren? »Abl.Filt«. So ging es weiter. Es war eindeutig die Schrift eines Mannes, Ingeborg traute er diese krummen, an Druckschrift erinnernden Buchstaben nicht zu. Für wen waren diese Abkürzungen keine Hieroglyphen? Wer konnte etwas damit anfangen? Und die Frage aller Fragen: Warum mussten sie vernichtet werden?

Nachdem er die Papierpuzzleteile mit Tesafilm auf ein anderes Blatt geklebt hatte, tat er das, was er immer machte, wenn er etwas herausfinden wollte. Er startete seinen Rechner und gab »ESL« als Suchbegriff ein. Aber das, was ihm vorgeschlagen wurde, brachte ihn keinen Schritt weiter. Sport, Fernsehen, Sprachen. »NDL«

brachte ganz andere Ergebnisse. Eine niederrheinische Dartliga. Was es alles gab. Die Abkürzung der japanischen Parlamentsbibliothek. Eine Natriumdampflampe.

Er seufzte und klappte seinen Laptop zu. Was er jetzt brauchte, war frische Luft. Er nahm das Blatt und schob es in eine Plastiktüte und versteckte das Ganze in einem der Hochschränke und legte sicherheitshalber einen Pullover davor.

Dann zog er die Regenjacke über, wählte die Wanderschuhe und schloss sorgfältig hinter sich die Tür ab.

Um einen klaren Kopf zu bekommen, gab es nichts Besseres als ein strammer Spaziergang. Dafür war der Wald prädestiniert. Vielleicht fiel ihm bei seinem Marsch ein, wie er seine Beobachtungen am besten dem Polizisten unterbreiten konnte.

»Die Schuhsohlen sind weiß. Das ist doch merkwürdig, oder?« Erwartungsvoll schaute Christof dem Polizisten Rudi Wappenschmidt ins Gesicht. Das jedoch blieb ausdruckslos. Keine Augenbraue bewegte sich, kein Mundwinkel zuckte.

»Was soll das heißen? Natürlich haben manche Turnschuhe weiße Sohlen. Was ist daran seltsam?«

Wollte ihn der Polizist nicht verstehen?

Christof holte tief Luft. »Schauen Sie sich die Fotos an.« Er drehte seinen Laptop, damit sie besser zu betrachten waren. Wappenschmidt lehnte sich zurück und beobachtete sein Gegenüber mit zusammengekniffenen Augen, statt die Fotos zu sichten.

»So sehen Schuhe aus, die ladenneu sind. Damit ist Sascha im Leben nicht bis zum Wasser gegangen. Sonst wären Tannennadeln und Erdreste im Profil. Außerdem ...«

»Was wollen Sie mir eigentlich sagen? Haben Sie den Mann dorthin getragen und abgelegt? Was soll dieser verkrampfte Versuch, zu beweisen, dass die Leiche kein Opfer eines Unfalls war? Die Kollegen und der Staatsanwalt gehen alle von einem Unglück aus. Glauben Sie allen Ernstes, dass Sie schlauer als die Polizei sind? Was bilden Sie sich eigentlich ein und was wollen Sie von mir?«

»Das weiß ich auch nicht so genau. Mir ist das nur aufgefallen. Das ist doch wichtig. Ich dachte, dass Sie es auch interessant finden.« Christof war fassungslos. Er verstand nichts mehr. Eine solch offene Feindseligkeit hatte er nicht erwartet.

Wappenschmidt zog den Laptop näher heran, um alle Fotos durchzusehen. »Viele sind es ja nicht. Auch nicht sonderlich scharf. Bei dem Licht wollen Sie nun etwas Ungewöhnliches erkannt haben. Entschuldigung, wir haben Wichtigeres zu tun. Der Fall ist klar. Ich glaube eher, dass Sie sich ausruhen sollten, damit keine Spätfolgen durch Ihre Gehirnerschütterung auftreten.«

Er schob den Computer zurück und sah Christof eindringlich an. »Werner erzählte mir, warum Sie auf unseren Sascha losgegangen sind. Sie sind zurzeit in einer sehr emotionalen Verfassung, um es mal ganz vorsichtig auszudrücken. Ich kann mir vorstellen, dass man in solch einer Gemütslage Dinge sieht, die gar nicht da sind, weil man sich vielleicht etwas wichtig machen will?«

Christof verschlug es die Sprache. Er fand spontan keine Erwiderung. Zum einen gab es nur den Verdacht auf eine Gehirnerschütterung, zum anderen hatte er es nicht nötig, sich wichtigzumachen. Was glaubte dieser Mensch denn? Er packte seinen Computer ein und steckte ihn in seinen Rucksack.

»Dann eben nicht. Ich wollte nur meiner Pflicht nachkommen.« Er stand ruckartig auf, sodass dabei der Stuhl umkippte. »Auf Wiedersehen.«

Er spürte, wie sich sein Gesicht heiß wurde. Zusätzlich breitete sich Hitze auf seinem Rücken aus. Er fühlte sich wie ein Schüler, der gerade von seinem Direktor zurechtgewiesen worden war. Er war Manager. Ein gestandener Mann, der komplexe Projekte betreut und zum Erfolg gebracht hatte. Und dann kam diese Stimme in seinem Kopf zurück.

Bis auf das Letzte, das war eine Katastrophe.

Das lag aber nicht an mir, rechtfertigte er sich.

Du bist verantwortlich gewesen. An wem sollte es denn sonst gelegen haben? Der Polizeihauptkommissar hat recht!

Er floh aus dem Raum, schlug die Tür hinter sich zu und ging einfach drauflos.

Erst an der Burg erkannte er die Umgebung wieder. Schweißgebadet blieb er stehen. Mehrmals holte er tief Luft, um den Druck in seinem Innern ein Ventil zu geben. Ein Déjà-vu. Die Worte seines Chefs im letzten Personalgespräch hatten sich in sein Gedächtnis gebrannt.

Er war zu emotional. Mit zu viel Gefühl verschwand der sachliche Bezug. Man hatte keinen Blick mehr auf das Ganze und verlor sich in Details. Und dann der Todesstoß: »Herr Breuckmann, tun Sie sich selbst den Gefallen und gehen Sie, bevor Sie ein Opfer Ihrer

Emotionen werden. Wir bieten Ihnen einen Aufhebungsvertrag an. Natürlich mit Abfindung für die vielen Jahre, die Sie die Company nach vorne gebracht haben. Aber jetzt lassen Sie andere ans Ruder. Jüngere, die noch mehr Biss haben.«

Knapp zwölf Jahre hatte er M+C Consult GmbH und Co KG zur Verfügung gestanden. Mit Herzblut. Sich mit jedem gut verstanden, sein Chef mochte und vertraute ihm. Bis die Dinge sich nicht mehr so entwickelten wie früher. Die Margen kleiner wurden. Die Gewinne nicht mehr so leicht einzufahren waren. Sparmaßnahmen wurden ergriffen, damit die Vorstände weiter ihre gewohnten Bezüge erhielten. Sein Chef wurde ersetzt. Und der Neue war einer dieser Gewissenlosen, der erst einmal aufräumte. Angst säte. Drei Monate hatte Christof gedacht, dass alles gut wäre, dass seine Erfahrung nicht zu ersetzen sei. Hatte zwölf bis vierzehn Stunden gearbeitet, um den Neuen einzuarbeiten. Natürlich auch, um ihm zu zeigen, wie engagiert er war. Dabei war seine Beziehung zu Sabine in die Brüche gegangen, und genutzt hatte es auch nichts.

Was für ein Scheißspiel.

Dieser Wappenschmidt hatte auch diesen salbungsvollen Tonfall angeschlagen, als er ihm vorwarf, er sei nicht objektiv. Das führte ihm sein ganzes Dilemma wieder übergroß vor Augen. Er hatte sein Gespür verloren. Er konnte seinen Gefühlen nicht mehr vertrauen. Der Rest seines Selbstbewusstseins meldete sich dennoch. War er jetzt bockig, hatte er jedes Gespür für die Realität verloren? Wollte er nur mit dem Kopf durch die Wand, um sich etwas zu beweisen? Was, wenn er völlig daneben lag? Wenn diese Geschichte für ihn auch zur Niederlage wurde? Wie viele Rückschläge konnte er noch ertragen?

Mittlerweile hatte er das Tor zur Burg erreicht und schaute auf die alten Steine. Was sie alles gesehen und erlebt hatten. Er trat zur Mauer und blickte ins Tal. Augenblicklich beruhigte sich sein Pulsschlag. Natur, soweit das Auge reichte. Es beruhigte ihn. Der Panzer um seinen Brustkorb löste sich.

Er musste der Sache auf den Grund gehen. Systematisch handeln. Der nächste Schritt war, Kevin, Saschas Freund, die Fotos zu zeigen. Wenn er auch sagte, dass das alles Unsinn wäre, dann würde er aufgeben.

Vertrau dir, glaubte er plötzlich zu hören. Er drehte sich um, aber niemand war in seiner Nähe. Ich werde noch völlig verrückt, dachte er, und machte sich auf den Weg zurück. Er war müde und erschöpft, brauchte Ruhe. Er nahm den schmalen Wanderweg zum Campingplatz. Ludmilla würde er nach Saschas Freund ausfragen. Sie war immer sehr bemüht, ihm zu helfen.

Ludmilla hatte bereits alle Lampen eingeschaltet. Es wurde früh dunkel. Christof streifte den Schmutz von seinen Schuhen und trat ein. »Hallo, Ludmilla. Hast du etwas Warmes zu trinken für mich? Es wird ungemütlich draußen.«

»Dann warte mal ein paar Wochen ab, wenn es auf den November zugeht. Dann ist es richtig ekelig.«

»Dann werde ich in Frankreich sein, leckeren Wein trinken und noch besseren Käse essen. Und am Meer spazieren gehen, nicht im Wald.«

Ludmilla ging nicht auf seine Erwiderung ein. Sie wirkte abweisend. »Kaffee oder Tee?«

»Tee«, antwortete er ebenso knapp. »Friesischen.«

»Hab ich nicht. ›Trübsinn weg‹, empfehle ich.«

Christof blickte irritiert auf. »Ich bin nicht trübsinnig.« Auch darauf erwiderte sie nichts, sondern nahm einen Becher in die Hand, legte einen Teebeutel hinein und stellte den Wasserkocher an. »Kräutertee, schmeckt lecker. Angeblich sind die Kräuter stimmungsaufhellend. Kann ja nicht schaden. Ich nehme auch einen, ist gleich fertig.«

»Ist was passiert?«, fragte er. »Du wirkst so anders als vorhin.«

»Ich arbeite in einem Irrenhaus. Das ist passiert. Die gnädige Frau glaubt wirklich, sie sei etwas Besseres. Liegt im Bett, Madame Unnahbar. Ich mache mir Gedanken, wie es ihr besser gehen könnte, und werde angeblafft. Das lasse ich mir nicht mehr bieten.«

Christof überlegte einen Moment, darauf einzugehen, verwarf den Gedanken dann aber. Zwischen zwei wütende Weiber wollte er nicht in die Schusslinie geraten.

»Kannst du mir sagen, wo der Freund von Sascha wohnt? Kevin heißt der, oder?«

»Was willst du denn von dem? Oder interessiert dich seine Schwester?« Der letzte Satz klang aggressiv.

»Er hat eine Schwester?«

Wütend zuckte sie mit ihren Schultern, griff Zettel und Stift. »Hier, der ist aber nicht gut auf dich zu sprechen. Der war gestern noch mal hier in der Kneipe, der glaubt nicht, dass du unschuldig an Saschas Tod bist. Und wenn der merkt, dass du es auf seine Schwester abgesehen hast, bringt der dich um.«

Sie schüttete kochendes Wasser auf die Teebeutel, nahm ihre Tasse, drehte sich um und verschwand in der Küche.

»Herzlichen Dank«, war alles, was Christof herausbrachte. Was für Aussichten.

DREIZEHN

Christof betrachtete das Motorrad. Er hatte keine Lust mehr, zu Fuß zu gehen. Er trat auf das Regal zu, in dem einige Helme nebeneinanderlagen. Einer älter als der andere. Das gute Stück außen links hatte ihm Werner zugeteilt. Er war nur ein klein wenig zu groß. Aber auf diesem Bock würde es wohl gehen. Mit der NSU würde er keine Geschwindigkeitsrekorde brechen oder Rennen fahren können. Um von A nach B zu kommen, war es eine Alternative. Er war froh, das Wohnmobil gut geparkt zu haben, und wollte es erst wieder bewegen, wenn er endlich in Richtung Frankreich aufbrach. Allein der Gedanke, den Berg von dem Campingplatz bis hoch zur Burg mit dem Riesengefährt zu erklimmen, ließ ihn schwitzen. Er holte den Schlüssel aus seiner Hosentasche und betrachtete ihn einen Moment. Dass er mit diesem Zweirad weniger auffallen würde, hielt er für ein Gerücht. Werner hatte etwas von »Klassiker« gesprochen. Sechzigerjahre. Und dass es wie eine Eins fahren würde. Zum Starten müsste er parallel zum Antreten den Dekompressionshebel ziehen. Er schloss die Augen. Hoffentlich blieb er nicht ständig damit stehen.

Es war zwar lange her, dass er auf zwei Rädern unterwegs war, aber so etwas verlernte man ja nicht, wenn man Werners Worten glauben durfte. Kevin wohnte in der Nähe der Jugendherberge. Den Berg hoch und dann links, hatte ihm Ludmilla erklärt.

»Leicht zu finden«, waren ihre Worte gewesen. Das würde er jetzt sehen und ohne Ankündigung zu ihm fahren. Die Angst, dass Kevin ihn nicht willkommen hieß, wenn er sich anmeldete, war groß.

Der Helm beschlug sofort, als er ihn aufsetzte, und er hob das Visier hoch. Mit beiden Händen wackelte er am Helm, hielt es für vertretbar. Werner hatte ihm eine Regenkombi hingelegt. Für alle Fälle. Auch so ein viel zu großes, altes und sehr hässliches Teil. Sauber war anders. Wie viele Menschen hatten die schon getragen? Ob sie auch aus den Sechzigerjahren war?

Als seine Gedanken zum Helm wanderten und er sich die gleichen Fragen stellte, schob er sie ganz schnell zur Seite. Er schüttelte sich. Er beschloss, dass der Anzug nicht sein musste, und verließ sich auf die Wettervorhersage, dass es nicht regnen würde. Augen zu und durch. Dem Rucksack, in den er seinen Laptop verstaute, zog er den Regenschutz über. Beim dritten Mal sprang der Motor an, spuckte ein paar Mal, als bekäme er nicht richtig Luft. Dann knatterte er los, lief rund, ohne Verschlucker. Christof fuhr aus der Scheune, schaltete den Motor wieder aus und stieg ab, um das Tor zu schließen. Ein letzter Blick zum Himmel, die Wolken verzogen sich und er fuhr los in Richtung Effels. Der Berg hatte es in sich. Ein paar Mal glaubte er, dass ihn die Quickly im Stich lassen würde, doch sie fuhr beständig weiter.

Er erinnerte sich an die Werbeaussagen, die Werner auswendig konnte und ihm voller Stolz vorgetragen hatte: »Quicklebendig am Werktag – erquickend am Sonntag!« Christof lächelte und hoffte auf die sprichwörtliche deutsche Wertarbeit. Die Ampel zeigte rot und er hielt an, ohne den Motor abzuschalten. Ein paar Fußgänger zeigten mit ihren Fingern auf sein Motorrad und lachten. Es war ein freundliches Lächeln. Er winkte und fuhr dann links ab, als die Ampel auf Grün schaltete.

»Kevin, bitte lassen Sie mich rein. Ich muss mit Ihnen reden.« Christof versuchte, seinen Fuß in die Tür zu stellen, bevor Kevin sie zuschlug. »Ich habe mit Saschas Tod nichts zu tun. Das ist offiziell bestätigt. Aber da ist etwas ...«, er zögerte, bevor er weitersprach, »... komisch. Ich bin sicher, Sie können das erklären.« Christof sprach leise, dennoch erreichten seine Worte das, was er wünschte: Kevin öffnete die Tür und ließ ihn eintreten. »Kommen Sie. Machen Sie es kurz, ich hab wenig Zeit.«

Christof trat ein und erschrak. Ein langer, schmaler und schwarz gestrichener Flur führte ihn in eine Wohnküche. Hier herrschte das krasse Gegenteil. Die Küche war bunt. Jede Wand anders gestaltet. Kräftiges Blau, Rot, Gelb und Grün. An einem Küchentisch, ebenso bunt, mit unterschiedlichen Holzstühlen saß eine junge Frau, die ihn flüchtig mit einem Blick streifte. Kevin lehnte an der Wand und sah ihn abwartend an. »Und? Was ist komisch?«

»Ich ...«, begann Christof und wusste nicht mehr, wie er weitersprechen sollte. Zum wiederholten Male beteuerte er: »Ich habe Sascha wirklich nichts getan. Ich war geschockt, als ich ihn dort liegen sah. Die Fotos zu machen, erschien mir ... nun ja, in dem Moment eine gute Idee, um festzustellen, wie das passieren konnte. Wäre ich nur früher an der Stelle vorbeigekommen! Ich hätte ihn vielleicht retten können.«

Kevin sah ihn an. Mit unbewegter Miene, stur, sein Blick verhieß nichts Nettes. Christof verlagerte sein Gewicht auf das andere Bein.

»Es tut mir unendlich leid. Ich kann nichts mehr ändern. Aber ich muss mit Ihnen etwas besprechen, was ich nicht verstehe. Ich habe die Fotos auf den Computer überspielt.« Kevins Unterlippe bebte, doch er sagte kein Wort. »Und da ist mir etwas aufgefallen. Etwas, was nicht sein kann.« Warum sagt er nichts?, dachte Christof. Jeder Satz, egal ob Beschimpfung, Beleidigung oder Ähnliches, wäre besser als dieses Schweigen. Wie sollte er ihn dazu bringen, die Bilder zu betrachten? Er nahm seinen Laptop aus der Tasche.

»Der Bildschirm auf dem Handy ist zu klein. Bitte schauen Sie sich das an. Vielleicht erkennen Sie, was ich meine.«

Er klappte den Computer auf und ein paar Sekunden später war das Notebook bereit. Christof rief die Bilder auf. Die Qualität überraschte ihn immer wieder aufs Neue, egal wie oft er sie sich anschaute. Seine Stimme klang belegt, als er weitersprach.

»So habe ich ihn gefunden. Die Polizei sagt, er müsse ausgerutscht sein. Da an der Stelle«, er zeigte mit dem Finger auf den Holzsteg, »hat er sich den Kopf angeschlagen. Die Ärzte haben mir das erklärt: innere Blutungen. Bewusstlosigkeit. Hätte man ihn früher gefunden, hätte man ihn höchstwahrscheinlich noch retten können. Aber so kam jede Hilfe zu spät.« Wieder stockte er.

Kevin war langsam auf ihn zugegangen und hatte sich hinter ihn gestellt. Ohne ein Wort gesagt zu haben.

»Und hier kann man seine Schuhe sehen«, fuhr Christof fort. »Für den Polizisten ist klar, dass er mit diesen rutschigen Sohlen den Halt verloren hat und mit dem Kopf aufschlug.« Erwartungsvoll suchte er in Kevins Gesicht nach einer Regung, vielleicht sogar einer Zustimmung. Verrannte er sich in der Idee? Eigentlich war es unübersehbar.

»Wieso hatte er diese Schuhe für einen Spaziergang an?« Kevins Neugier war geweckt. Er trat einen Schritt näher und beugte sich zu dem Bildschirm herunter.

»Was meinen Sie?«

»Die sind neu, nagelneu. Am Nachmittag hatte er sie gekauft, ein besonderes Modell. Mit Turnschuhen war er eigen. Hatte fast einen Sammeltick. Die lagen am Nachmittag sicher noch im Originalkarton. Sascha behandelte seine Schuhe vor dem ersten Tragen zunächst mit einem Spezialmittel, das einige Stunden einziehen muss. Damit sie länger neu aussehen. Er hatte einen Spleen, was das anging. Nie, wirklich niemals hätte er sie für eine Nachtzigarette angezogen.«

»Ich verstehe es sowieso nicht. Warum sind die Sohlen so weiß?«

»Was meinen Sie?«

»Na ja, wenn er mit den Schuhen über Wiese und Waldboden gegangen wäre, müsste man doch irgendeinen Fleck sehen, Schmutz, oder? Die Sohlen sehen aus, als hätten sie nichts anderes als Teppichboden oder Fliesen betreten.« Die Stille war anders als vorher. Jetzt kam auch Kevins Schwester näher. Ihr dezentes Parfüm drang in Christofs Nase. Er roch Vanille. Jetzt schaute er sie genauer an. Sie war hübsch.

»Wie kann das sein?«, fragte sie. »Was soll das heißen? Was bedeutet das?«

»Ich weiß nicht, was es bedeutet, aber dass es etwas bedeuten muss, steht außer Frage. Das ist nicht normal.«

»Und die Polizei haben Sie darauf aufmerksam gemacht?«, vergewisserte sie sich.

»Natürlich habe ich mit diesem Wappenschmidt gesprochen, aber der hat mich nicht ernst genommen und dieses Detail als Unsinn abgetan. Er ist gar nicht weiter darauf eingegangen, sondern meinte, dass es überhaupt keinen Zweifel an dem Unfallhergang gäbe und die Sache damit abgeschlossen wäre. Er fragte noch, wann ich denn weiterfahren würde. Wie lange ich mich noch schonen müsste, bevor ich Auto fahren dürfte und verschwinden würde. Schluss. Aus. Ende.«

Zum ersten Mal schaute ihm Kevins Schwester ins Gesicht. Sie beobachtete ihn akribisch. Aber er fühlte sich nicht unwohl dabei.

»Warum sind Sie hier?«, fragte sie.

»Weil ich das Gefühl habe, dass irgendetwas nicht stimmt. Ich habe Sascha gefunden, man hat mich irrtümlich für seinen Mörder gehalten. Ein paar Stunden vorher haben wir uns gestritten, sogar geprügelt. Ich fühle mich schuldig und will dem auf den Grund gehen. Das ist alles, was ich für ihn tun kann. Aber ich will das aufklären. Und ich nerve diesen Polizisten so lange, bis er mich endlich ernst nimmt. Auch wenn ich mich zum Deppen der ganzen Eifel machen muss.«

Seine Worte hallten in der Stille nach. Kevin sprach zuerst. »Sascha war mein Freund. Seit Kindertagen. Wir haben viel Blödsinn ausgefressen, viele Dummheiten gemacht. Aber wir konnten uns immer vertrauen. Wir haben gemeinsam heimlich die erste Zigarette geraucht, den ersten Vollrausch erlebt und einen Joint ausprobiert. Schule geschwänzt, blaugemacht, all diese Dinge. Im

Gegensatz zu Sascha bin ich selten geschnappt worden. Es war wie verhext, wenn wir gemeinsam etwas anstellten, wurde immer Sascha erwischt. Und ich habe irgendwann den Absprung geschafft, Sascha nicht. Er hat immer gesagt, das macht doch alles keinen Sinn. Er ist immer häufiger high gewesen, hat sich mit ein paar zwielichtigen Typen eingelassen. Genaues weiß ich nicht. Das war in der Zeit, als er seine Lehre geschmissen hat. Er meinte, er würde in anderen Dimensionen denken. Von solchen, die unerreichbar für mich wären. Ab dem Zeitpunkt sind wir uns fremd geworden.« Er rieb seine Hände aneinander. »Ich meine, irgendwann ist es doch mal gut, oder? Man kann ja nicht immer rebellieren. Ich wollte das nicht mehr. Aber Sascha hat weitergemacht, ist immer tiefer reingerutscht. Er wollte was anderes, hat immer von Kanada geträumt. Warum er es nicht auf normalem Weg versuchen wollte, habe ich nie verstanden. Ich weiß nicht, was er vorhatte, aber ich nehme an, er hatte etwas am Laufen. Ich wollte nichts mehr mit kriminellen Dingen zu tun haben, habe mich von ihm abgewandt. Jetzt ist er tot. Ich kann kein Bier mehr mit ihm trinken, dummes Zeug reden oder mit ihm beim Angeln schweigen.«

Er zeigte mit dem Zeigefinger auf das Foto. »Er ist nicht einfach ausgerutscht. Das war kein Unfall. Ich kann mir nicht vorstellen, was passiert ist und warum. Aber so, wie die Polizei es darstellt, kann es nicht gewesen sein. Das muss auch dieser Wappenschmidt einsehen. Sagen Sie mir, wie ich helfen kann.«

Christof lächelte. Zum ersten Mal hatte er das Gefühl, dass es bergauf ging. Er pfiff vor sich hin, als er sich auf das Zweirad schwang. Während er langsam den Berg hinabfuhr, hatte er Zeit, über das Gespräch mit Kevin nachzudenken. Saschas Freund hatte ihn in seinen Zweifeln bestärkt. Nach anfänglicher Reserviertheit hatten er und seine Schwester die Fotos betrachtet und fanden sie ebenso merkwürdig wie Christof. Wenn es kein Unfall war, blieben nicht viele Alternativen. Nicht viele?, dachte er. Ein Selbstmord war ausgeschlossen, also blieb Mord.

Mord, wiederholte er in Gedanken. Allein das Wort klang unwirklich und absurd. Wer hatte Sascha mitten in der Nacht auf dem Campingplatz aufgelauert? Und warum? Hatte er tatsächlich etwas mit Drogen am Laufen? Kevin wusste nichts Genaues, doch die Wahrscheinlichkeit war hoch, dass Sascha wieder zu den alten Machenschaften zurückgekehrt war. Wem war er dabei auf die Füße getreten, dass er aus dem Weg geräumt werden musste? Hier, in der Eifel?

Sascha war kein Heiliger, aber nicht alle Unheiligen wurden ermordet.

Es begann zu nieseln und das Visier des Helms beschlug. Christof verfluchte den Wetterbericht, klappte das Visier zu einem Viertel auf und hoffte inständig, dass der Regen nicht wurde, bis er auf dem Campingplatz ankam. Sein Wunsch wurde erhört. Zum ersten Mal, seit er in der Eifel angekommen war, stand ihm das Glück zur Seite. Der Regen verschwand genauso schnell, wie er gekommen war.

Christof parkte das Moped neben dem Gasthaus, schloss sorgfältig ab und lief mit dem Helm am Ellenbogen und der Laptoptasche unter dem Arm zu seinem Stellplatz. Wie immer in den letzten Tagen war niemand zu sehen oder zu hören. Im Sommer sollte es ganz anders sein, hatten sie ihm erzählt. Touristenboom. Im Moment unvorstellbar.

Einen Augenblick lang stand er unschlüssig im Wohnmobil. Die Kopfschmerzen wurden stärker und er erlag der Versuchung, sich aufs Bett zu legen. Auch wenn er es nicht wahrhaben wollte, die Ärzte hatten ihn gewarnt und ihm zu recht Ruhe verordnet.

Wenn Christof Kevins Worten glauben konnte, und nichts sprach dagegen, dann hätte Sascha nie freiwillig die neuen Schuhe angezogen. Er musste von einem Dritten, Unbekannten, getragen worden oder barfuß nach draußen gegangen sein. Beziehungsweise auf Socken. Aber was konnte einen normalen Menschen dazu bewegen, im Oktober, mitten in der Nacht auf Strümpfen über Waldboden zu laufen? Es war kalt und feucht.

Christof schüttelte sich und überlegte weiter. Vielleicht wäre es interessant zu wissen, mit was für einer Imprägnierung Sascha seine Schuhe behandelt hatte. Derjenige, der ihn getragen hatte, rein hypothetisch natürlich, müsste ja Spuren an seinen Händen haben. In den Krimimalserien im Fernsehen konnte man das dann innerhalb kürzester Zeit nachprüfen und den Mörder dingfest machen. »Mörder«, wiederholte er laut.

Sascha war ermordet worden, eine andere Möglichkeit schied aus. Christofs Ehrgeiz war geweckt. Diesem Polizisten wollte er es zeigen. Und gegen die Kopfschmerzen gab es Tabletten.

VIERZEHN

»Du hast da was am Kopf. Und deine Hände bluten. Was ist passiert?« Ellis Stimme klang nicht besorgt. Noch nicht einmal neugierig. Es war eine rhetorische Frage.

Wie gerne hätte er mit ihr über Sascha geredet. In schönen Erinnerungen geschwelgt, den Zeitpunkt herauszufinden versucht, an dem sich das Schöne ins Gegenteil verkehrte. Warum alles so gekommen war. Aber Elli wollte nicht reden. Seine Frau wollte handeln, das Kapitel Sascha abschließen.

»Elli«, versuchte er zu antworten, doch sie hantierte mit irgendwelchen Schleifenbändern und schien abgelenkt. Er setzte sich an den Tisch, genauso wie er am Morgen dort gesessen hatte. Sogar seine Kaffeetasse stand noch da, bis zur Hälfte mit Kaffee gefüllt. Dieser roch kalt und abgestanden. Alfred blickte auf seine Hände, den Schmerz spürte er nicht mehr. Seine Gefühle waren verschwunden. Irgendetwas in ihm war mit Sascha gestorben.

»Schwarze Spitzenschleifen sind zu romantisch, oder? Erinnert mehr an Witwen. Das wäre etwas für mich.«

Alfred war selbst erschrocken, als er mit der Faust auf den Holztisch haute. Sekundenlang war es ganz ruhig. Elli sah ihn mit großen Augen an, ihr Mund öffnete und schloss sich wieder, ohne ein Wort gesagt zu haben.

Er versuchte, nicht zu schreien. Sorgfältig wählte er seine Worte aus. Wenn Elli so weitermachte, war sie die Nächste, die durchdrehte. »Du bist keine Witwe«, sagte er. »Das ist auch kein Film und erst recht kein Wettbewerb. Du bist eine Mutter, die ihr Kind verloren hat. Keine Witwe.« Er suchte nach Anzeichen von Verstehen in ihrem Gesicht. »Ich lebe noch.« Ein paar Sekunden später wiederholte er: »Noch. Ich wäre liebend gern an seiner Stelle.«

Er wusste nicht, was er erwartet hatte. Irgendeine Reaktion seiner Frau. Ein Lachen. Ein sarkastischer Spruch. Ein tröstendes Wort. Sogar eine Beschimpfung. Aber Elli erwiderte nichts. Statt sich ihm zuzuwenden, beschäftigte sie sich wieder mit den Trauerbändern.

»Ich muss die Muster gleich Beate zurückbringen. Wir überlegen dann, was wir damit alles verschönern. Als Tischbänder für die Kaffeetafel, auch für die Blumengebinde und Kränze. Sascha hätte es gemocht.«

Er drang nicht zu ihr durch. Sie hatte sich in etwas hineingesteigert, das nicht der Realität entsprach. Sie war in einem ganz anderen Film als er.

»Rede nicht so einen Unsinn, Elisabeth. Sascha hätte es völlig bescheuert gefunden. Für so etwas hatte er keinen Sinn. Hat er noch nie gehabt. Es wäre ihm im peinlich und im besten Fall komplett egal gewesen. Das weißt du genau.«

Sie summte eine Melodie, während sie weiter die Bänder glattstrich.

»Ich verstehe nicht, was in dir vorgeht«, versuchte er es noch einmal. »Warum tust du auf einmal so, als wäre Sascha ein Schöngeist gewesen. Du hast ihn noch nie verstanden, ihm immer versucht, deinen Willen aufzudrücken. Und zum ersten Mal bekommst du

keinen Widerspruch, kannst dich austoben. Das ist ...«
Er suchte nach Worten. War er zu hart? »Du bist krank,
Elisabeth, das ist unnatürlich.«

Sie sortierte weiter. Hielt ein fast fünf Zentimeter
breites Stoffband gegen das Licht und summte immer
noch. Dann legte sie alles hin und sah ihn an. »Ich glaube
nicht, dass du dir ein Urteil erlauben kannst. Wann hast
du denn mal Zeit für ihn gehabt?« Ihre Stimme war
weder anklagend noch böse. Sie nahm die Summerei
wieder auf und befühlte weiter die Zierbänder.

Alfred glaubte, in der Summerei das Ave Maria zu
erkennen. Seine Frau machte ihm Angst. Wie sollte es
bloß weitergehen? Er stand auf und schritt zögerlich auf
sie zu. Irgendjemand musste diesen Wahnsinn beenden.
Er berührte ganz leicht ihre Schulter. »Elli ...« Sie nahm
das nächste Muster in die Hand, ohne auf ihn
einzugehen.

»Elisabeth ...«

Sie hielt inne, bevor sie sich umdrehte und ihm das
Band zeigte. »Ich glaube, das ist perfekt, was meinst
du?«

Resigniert schüttelte er den Kopf. Plötzlich legte sie
ihre Hand auf seinen Unterarm. In ihren Augen
sammelten sich Tränen. »Du hast mich noch nie
Elisabeth genannt.«

Er schaute ihr in die Augen. »Es ist ...«

»Sag nichts. Es tut mir leid, wenn du mich nicht
verstehst. Vielleicht sogar Angst hast, dass ich verrückt
werden könnte. Aber lass mir bitte für diese kurze Zeit
das Gefühl, es wäre alles so, wie ich es mir gewünscht
hätte. Es hilft mit. Und niemand stört es. Ich möchte
einmal all das tun, was ich immer für Sascha habe tun
wollen und nicht durfte. Er wird sauber und ordentlich

aussehen. Saubere Fingernägel haben. Seinen Schmuck werde ich entfernen. Seine Locken werden glänzen und er wird einmal in seinem Leben ein weißes Hemd tragen.«

»Das hätte er nie gewollt.«

»Nein, ich aber.« Sie sah ihn eindringlich an. »Einmal in meinem Leben. Das ist immer mein Traum gewesen. Dass die Welt meinen Sohn so sieht, wie ich ihn gesehen habe. Meinen Engel.«

Für sie war das Gespräch beendet.

Er nickte und hoffte von ganzem Herzen, dass seine Frau nach der Bestattung wieder normal werden würde. Wenn es dafür nicht bereits zu spät war.

Ingeborg konnte sich nicht ewig hinter Migräne und anderen Unpässlichkeiten verstecken und alle Arbeiten Ludmilla aufhalsen. Sie musste sich ihrem Alltag wieder stellen. Bestellungen aufgeben, Rechnungen kontrollieren — überhaupt hatte die Buchhaltung in ihrer Abwesenheit sehr gelitten. Vieles war liegengeblieben und der Steuerberater mahnte die monatlichen Unterlagen an. Sie stand früh auf, Werner wachte nicht auf, sondern drehte sich mit einem lauten Schnarcher auf die andere Seite. Die ruhige Morgenstimmung war ihre liebste Arbeitszeit. Sie konnte in ihrer eigenen Geschwindigkeit agieren und da sie alleine war, musste sie nicht anderen ständig sagen, was sie tun oder lassen sollten.

Sie sortierte die eingegangenen Briefe, meist Werbung, und ärgerte sich über den vollen Papierkorb. Aber sie war es selbst schuld. Sie hatte Ludmilla verboten, etwas aus dem Büro zu entfernen, das beinhaltete auch, den Müll hinauszubringen. Heute kam die Müllabfuhr, das passte. Sie nahm den Drahtkorb in die Hand, kontrollierte erneut, ob auch keins der Blätter geschreddert werden musste. Eine Mahnung hatte sie übersehen. Sie zog sie heraus und ließ sie durch den Aktenvernichter laufen. Niemand sollte zufällig eine Mahnung in ihrem Müll finden. Dem Klatsch und Tratsch wollte sie nicht noch mehr Nahrung geben.

Sie trat vor die Tür und schaute sich vorsichtig um. Mit Saschas Tod hatte sich alles verändert und ihre Unbefangenheit war vorbei. Auf ihre Umgebung fokussiert, achtete sie nicht auf ihren Weg und stolperte. »Was soll das denn!«, fluchte sie und schaute zu Boden. Einen lauten Schrei konnte sie im letzten Moment unterdrücken, indem sie beide Hände auf den Mund legte. Jetzt nahm sie auch den widerlichen Geruch wahr. Vor ihren Füßen lag ein totes Tier. Eine Ratte, um genau zu sein. Was mit ihr passiert war, konnte sie nicht erkennen. Der Körper war blutig, während der lange, nackte Schwanz unversehrt schien. Sie spürte, wie ihr Magen rebellierte und sie gegen einen Brechreiz ankämpfen musste. Dieses Tier hatte man ihr vor die Tür gelegt, das war kein Zufall. Sie lauschte, hörte jedoch kein Geräusch im Haus. Niemand hatte ihren Ausruf gehört.

Sie wusste, was zu tun war, sie musste das Tier entsorgen, damit keiner Fragen stellen konnte. Sie konzentrierte sich auf die Aufgabe und kämpfte den Ekel herunter. Neben der Tür war die Garderobe mit Regenmänteln und Jacken. In der Schublade lagen Handschuhe. Sie zögerte nicht lang und griff die ältesten Handschuhe heraus, nahm ein altes Regencape und wickelte das tote Tier darin ein. Den Gestank ignorierend, ging sie zum Abfallplatz und warf den alten Umhang mitsamt dem Tier in die Mülltonne. Die Handschuhe schmiss sie zum Schluss hinein. Zum Glück waren die Temperaturen einstellig, das hätte sie nicht im Hochsommer machen wollen. Sie ging wieder ins Haus, nahm die Mülleimer aus der Küche und entleerte die ebenfalls in der Abfalltonne. Zumindest dort sah nichts mehr von einem toten Tier. Mit Schrubber und Seifenlauge putzte sie die Reste der Ratte vor der Tür weg und hoffte inständig, dass niemand überraschend früh aufstand.

Normalerweise erreichten die Mitarbeiter der Müllentsorgung den Campingplatz gegen kurz nach sechs Uhr. Sie schaute zur Uhr: viertel vor.

Zumindest das schien zu klappen.

Sie glaubte, den Gestank an ihren Händen haften zu haben, und nahm Seife und Bimsstein, um ihn zu entfernen. Das laufende Wasser wirkte beruhigend auf sie. Wer hatte ihr das Tier vor die Tür gelegt? Was wollte man von ihr?

Das Telefon klingelte.

»Ingeborg Donner, Campingplatz ›Eifelglück‹«.

»Das mit Sascha tut uns leid. Dummer Zufall.«

Ihr Herz schlug schneller. Sie kannte die Stimme nicht, nahm nur den niederländischen Akzent eines Mannes wahr.

»Wer sind Sie? Was wollen Sie?« Ihre Gedanken überschlugen sich. Wie kamen die an ihre Telefonnummer? Die findet man im Internet, beantwortete sie selbst die Frage.

Sascha hatte Mist gebaut. Jetzt suchen sie nach ihr. Eine eiskalte Faust hielt ihren Magen umklammert.

»Haben Sie etwas mit Saschas Tod zu tun?«, fragte sie. »Oder mit dem toten Tier?«

Ein Lachen, unangenehm und kehlig, statt einer Antwort.

»Wir sind Geschäftsmänner, keine Mörder. Weder bei Menschen noch bei Tieren. Wir müssen uns treffen. Ich komme nach Nideggen und hole Sie an der Tankstelle am Kreisel ab. Das ist besser, als auf den Campingplatz zu kommen. Fünfzehn Uhr.« Der Fremde legte auf.

Ingeborg starrte noch sekundenlang auf ihr Telefon. Im Hintergrund hörte sie das Rangieren und Klappern der Müllabfuhr.

Und jetzt?, fragte sie sich. Was sollte sie tun? Sollte sie sich Werner anvertrauen? Den Gedanken verwarf sie sofort. Ihr Mann war der Letzte, der davon erfahren durfte. Bis zum Treffen hatte sie noch Zeit. Bis dahin fiel ihr sicher etwas ein.

FÜNFZEHN

Das Observieren eines Menschen sah im Fernsehen einfach aus. Egal, ob zu Fuß oder mit dem Auto beziehungsweise Zweirad. Der Detektiv reihte sich in den Strom laufender Passanten ein und beobachtete, ohne aufzufallen. Es gab immer einen freien Platz im Café, keine LKWs, die die Sicht versperrten, und die Rotphasen einer Ampel passten stets.

Seit knapp zwei Stunden verfolgte er nun Ingeborg durch den Ort. Sie war beim Frisör gewesen, hatte sich eine neue Bluse und ein paar neue Schuhe gekauft. Das ging alles wunderbar zu Fuß, er trank viel Kaffee und Wasser und kannte alle Auslagen in den Schaufenstern der ortsansässigen Geschäfte. Im Café bezahlte er vorausschauend, wenn ihm die Kellnerin das Gewünschte servierte, damit er rasch aufbrechen konnte, wenn Ingeborg etwas anderes vorhatte.

Er fühlte sich immer sicherer. Selbst als Ingeborg an der Tankstelle jemanden traf und ein Schwätzchen hielt, ahnte er nichts Böses. Dann ging alles ganz schnell.

Ein Wagen näherte sich Ingeborg. Sie verabschiedete sich von ihrer Bekannten, schritt auf den BMW zu und beugte sich zum Beifahrerfenster herab. Sie gestikulierte mit den Händen, zeigte in eine Richtung und dann passierte etwas, womit Christof nicht gerechnet hatte: Sie stieg ein. Er nahm das Fernglas und versuchte das Nummernschild zu entziffern. Ein holländisches

Kennzeichen. PB-DX, mehr konnte er nicht erkennen. Er fluchte.

»Junger Mann, glauben Sie wirklich, hier in der Stadt finden Sie Vögel?« Er drehte sich um und musste seinen Kopf senken, um der Frau, die ihn angesprochen hatte, ins Gesicht zu blicken. Die ältere Dame stand vor ihm und schüttelte missbilligend den Kopf.

»Ich beobachte Sie schon eine Weile. Was wollen Sie mit dem Fernglas und der Kamera? Bespitzeln Sie fremde Frauen? Sind Sie ein Spanner? Wenn Sie nicht damit aufhören, hole ich die Polizei.« Ihr Zeigefinger fuchtelte in der Luft und ihre Mimik verriet, dass sie nicht scherzte. »Verschwinden Sie«, schimpfte sie weiter und ging einen Schritt auf ihn zu. Jetzt wurde er auch noch für einen Spanner gehalten. Er stotterte eine Erklärung, die die alte Dame mit einer Handbewegung kommentierte.

»Papperlapapp. Will ich gar nicht hören. Auf frischer Tat ertappt.« Sie hielt ihn am Ärmel fest und ihre Stimme wurde immer lauter. »Ich ruf die Polizei. Ein Spanner!«

Christof spürte, wie ihm die Röte ins Gesicht schoss. Er drehte sich um und schaute, ob noch andere Menschen auf ihn aufmerksam geworden waren. Einige blickten neugierig, aber niemand schien die Dame ernst zu nehmen. Er setzte sein unschuldigstes Lächeln auf und hoffte, dass es wirkte. »Beruhigen Sie sich. Ich bin kein Spanner, ganz sicher nicht. Da haben Sie etwas missverstanden.«

Es gelang ihm, sich loszureißen. Er flüchtete, lief los, nicht ohne sich immer wieder zu ihr umzudrehen und ihr nett zuzulächeln und zuzuwinken. Als er außer Sicht war, blieb er einen Moment stehen und atmete tief durch. Das Schlimmste, was ihm nun passieren konnte, war, sich mit einer aufgeregten Eiflerin anzulegen. Oder Wappenschmidt diese bizarre Situation zu erklären. Christof zweifelte nicht, dass es dem Polizisten eine Freude wäre, ihn in Gewahrsam zu nehmen.

Was sollte er nun tun? Ingeborg war weg. Warum war sie zu einem Holländer in den Wagen gestiegen? Woher kannte sie ihn?

Wieder und wieder rief er sich die Szene in Erinnerung. War Ingeborg wirklich freiwillig in den Wagen gestiegen? Er war sich nicht sicher. Es war so schnell gegangen. Vielleicht war sie mit vorgehaltener Pistole gezwungen worden? Und diese Entführung hatte etwas mit Saschas Tod zu tun. Sascha war ein kleiner Dealer gewesen. Die Vermutung lag nahe, dass er Kontakte nach Holland hatte. Christof musste handeln, ohne zu wissen, was. Er fluchte laut und lief zu seinem Parkplatz.

Erst einmal zurück zu Werner. Eins war sicher. Ingeborg hatte garantiert keinen anderen Mann. Er verstaute das Fernglas und seinen Fotoapparat in den Rucksack, setzte den Helm auf, dachte sogar beim Starten an das Ziehen des Dekompressionshebels und gab Gas.

Bergab war die Quickly ein richtiger Renner. Die Ampeln waren ihm wohlgesonnen, und während der Fahrt überlegte er, wie er das Werner erklären sollte. Vor seinen Augen war Ingeborg entführt worden! Er versuchte sich zu beruhigen. Es gab keine Beweise, seine Fantasie ging mit ihm durch. Als er auf den Campingplatz fuhr, stutzte er. Ein schwarzer BMW mit niederländischem Nummernschild stand auf dem Parkplatz. War Ingeborg als Geisel genommen worden, um Werner auszurauben? Die Kasse zu stehlen? Er hielt an, die Quickly ruckelte ein paar Mal, aber das nahm Christof kaum wahr. Er setzte den Helm ab und starrte fassungslos auf den fremden Wagen. Stimmen rissen ihn aus seinen Gedanken. Eine männliche Stimme mit holländischem Akzent. Und Ingeborgs Lachen. Sie war weder entführt worden noch fand ein Überfall statt.

»Es war mir ein Vergnügen. Trotz allem«, sagte der Mann gerade und reichte Ingeborg die Hand. »Vielleicht überlegen Sie sich das noch?« Er ging zum Auto, nickte Christof zu und Ingeborg rief dem Fremden »Ich glaube nicht« hinterher.

Christof schloss die Augen und schüttelte den Kopf. Er fühlte sich wie ein Idiot. Ingeborg trat auf ihn zu und sagte: »Ein charmanter Mann. Ich mag die Holländer. Er wollte unseren Campingplatz für einen speziellen Werbegag nutzen. Aber das kommt nicht in Frage.«

Christof konnte nur den Kopf nicken, er war unfähig auch nur einen klaren Gedanken zu fassen. Ingeborg hatte doch einen Liebhaber, Werner mit seiner Vermutung recht.

»Kaffee?« Ohne eine Antwort abzuwarten, ging sie hinein und er folgte ihr. Werner war nicht da. »Gefällt Ihnen das Zweirad? Hat Werner die Geschichte erzählt, wie er daran gekommen ist?«

»Er sagte etwas vom finanziellen Engpass eines Gastes.«

»Ja. So kann man es auch nennen. Sie haben Karten gespielt. Mit Geld. Hohe Einsätze. Das liebte er. Zu viert haben sie immer hier gesessen, da sah die Kneipe noch nach Kneipe aus. Ich habe ja einiges dran gemacht. Und Pokern war ab da verboten.«

»Wieso?«

»Glücksspiel. Das uferte völlig aus. Der Gast hatte seine Quickly in den Pott geworfen, weil er kein Geld mehr hatte. Er war überzeugt, er könne mit dem Blatt nicht verlieren. Werner hatte die besseren Karten, und war der bessere Bluffer. Seinem Gesicht sieht man ja nie etwas an. Damals hatten wir unseren ersten Ehekrach. Ich hatte verlangt, dass er das Moped wieder zurückgibt. Was macht das denn für einen Eindruck, wenn die Gäste hier abgezockt werden? Wenn sich das rumspricht? Seitdem gibt es keine Spiele mehr und das Ding steht im Schuppen. Werner ist es nie gefahren, zumindest nicht, wenn ich hier war. Er schraubt immer dran rum, aber er verliert nicht ein Wort darüber. Warum hat er es Ihnen gegeben?« War jetzt der richtige Zeitpunkt, um reinen Wein einzuschenken? Ahnte Ingeborg etwas? Plötzlich wurde ihm schwindelig. Ein heftiger Schmerz an seinem Hinterkopf überfiel ihn. Er setzte sich auf einen der nahestehenden Stühle und schloss die Augen.

»Was ist los, Christof? Sie sind ganz bleich im Gesicht. Ist Ihnen nicht gut?« Er konnte nicht mit dem Kopf schütteln. Mit jeder Bewegung des Kopfes nahm die Übelkeit zu. Ingeborg legte eine Hand auf seine Stirn.

»Sie hätten liegen bleiben sollen, wie es die Ärzte empfohlen haben, mit einer Gehirnerschütterung soll man nicht spaßen.«

Er flüsterte, öffnete die Augen nur einen Spalt. »Es geht schon wieder. Ich leg mich jetzt besser hin. Leider hab ich keine Kopfschmerztablette mehr.«

»Daran soll es nicht scheitern. Ich hab immer was gegen Migräne da. Ich hole es.«

Er wartete auf dem Stuhl, rührte sich nicht. Jede Bewegung konnte einen neuen Schmerzensschub bedeuten. Er hatte sich mit der Beschattung und Verfolgung übernommen. Sein Köper rächte sich, er war noch nicht wieder völlig fit.

Ihm kam es wie eine halbe Ewigkeit vor, bis Ingeborg mit einer Packung Tabletten zurückkam, dabei war sie keine fünf Minuten fort gewesen. »Hier, nehmen und dann hinlegen«, sagte sie und drückte zwei Tabletten aus dem Blister. »Soll ich Sie zum Wohnmobil begleiten?«

»Soweit kommt es noch. Nein, danke. Es geht schon.« Gehorsam schluckte er die Pillen und trank Wasser hinterher. Erst dann stand er auf und schritt langsam hinaus. An der Tür angekommen, dachte er an seinen Rucksack, kam zurück, um ihn zu holen. Er lächelte Ingeborg noch einmal dankbar zu und verabschiedete sich.

Die kühlere Luft tat gut. Er atmete tief ein und hoffte, dass er es bis zu seinem Bett schaffte. Bedächtig setzte er einen Fuß vor den anderen und brauchte für den Weg doppelt so lang wie normal. Eine fürchterliche Müdigkeit überfiel ihn. Er öffnete die Tür seines Wohnmobils und legte sich so, wie er war auf sein Bett. Sobald sein Kopf auf dem Kissen lag, schlief er ein.

SECHZEHN

Er wurde wach, weil er fror. Er fühlte sich benebelt, richtete sich auf und wunderte sich über die Kälte. Erst jetzt bemerkte er, dass die Tür einen Spalt offen stand. »Scheiße«, fluchte er. Hatte er die Tür nicht geschlossen, als er gekommen war? Er konnte sich nicht erinnern. Er war so müde gewesen. Als er seine Augen ganz öffnete, glaubte er, noch immer zu träumen. Einen Albtraum. Fassungslos betrachtete er das Chaos um ihn herum. Jemand war eingebrochen. Alles war durchwühlt. Die Hängeschränke standen offen, Handtücher und andere Textilien waren auf den Boden geworfen worden. Selbst vor dem Badezimmer hatte der Fremde nicht halt gemacht. Der Duschvorhang hing nur noch an zwei Haken, der restliche Stoff lag ebenfalls auf dem Boden und war zum Schuhe abputzen genutzt worden. Hier hatte jemand nach etwas Bestimmtem gesucht. Und Christof hatte nichts gehört.

Er tastete seine Jackentaschen ab. Sein Handy und Portemonnaie waren noch da. Der Rucksack lag auf dem Tisch. Hatte er ihn so schräg hingelegt?

Er stand auf und sah genauer hin. Die Kabel hatte man dagelassen – doch sein Laptop war fort.

Augenblicklich kehrten die Kopfschmerzen zurück. Er ging zur Spüle, füllte ein Glas Wasser und trank es in einem Zug leer. Zweimal wiederholte er das, bis er sich besser und wacher fühlte. Anziehen musste er sich nicht, noch nicht einmal die Schuhe hatte er abgestreift, bevor er sich hingelegt hatte.

Von außen sah man keine Einbruchspuren. Das Schloss an der Tür seiner Wanderschnecke war auch kein Hindernis und selbst für einen Laien leicht zu knacken. Selbst wenn er abgeschlossen hätte.

Er machte sich auf den Weg zum Restaurant. Er konnte es nicht fassen, dass man ihn am helllichten Tag überfallen hatte. Oder ob das ein schlechter Scherz von diesem Jupp war? Vielleicht wollte er ihm einen Streich spielen. Diese Art Humor würde er dem Typen zutrauen. Alle anderen Möglichkeiten hielt er eigentlich für unmöglich. Dennoch war sein Wohnmobil verwüstet worden und sein Laptop verschwunden.

Statt Ingeborg stand Werner hinter der Theke und Christof erwartete insgeheim ein wissendes Lachen von ihm. Nach dem Motto: Na, was ist dir denn jetzt passiert?

»Wie siehst du denn aus?«, begrüßte Werner ihn. »Starker Kaffee oder lieber einen Schnaps?« Weder ein Lächeln noch Schadenfreude breitete sich in seinem Gesicht aus.

Christof lehnte beides ab, sagte stattdessen: »Man hat mich ausgeraubt!«, und beobachtete Werners Reaktion genau.

»Du spinnst. Hast du schlecht geträumt? Wir sind hier auf dem Campingplatz ›Eifelglück‹ und nicht in Düsseldorf.«

Christof berichtete akribisch, was passiert war, und Werners Gesicht verdüsterte sich. »Ich glaub das nicht. Am helllichten Tag. Das darf doch nicht wahr sein«, echauffierte er sich.

In diesem Moment stürmte Jupp herein. »Man hat mich beklaut, eine ganze Flasche Schnaps fehlt!«

»Bei dir wurde auch eingebrochen? Dein Wohnwagen verwüstet? Stell dir vor, dem Christof haben sie den Computer geklaut.«

Jupp schaute irritiert von einem zum anderen. »So was hat es ja noch nie gegeben. Erst seit Sie hier sind, passieren solch merkwürdigen Dinge.« Der Satz klang vorwurfsvoll, und es war offensichtlich, dass Jupp Christof für das Ganze verantwortlich machte.

Christof erwiderte nichts, verzog nur sein Gesicht, als er Jupps Ausdünstungen wahrnahm. Frittiertes und Alkohol. Schnaps, hochprozentiger Fusel.

»Haben Sie mal in den Spiegel geschaut? Sie sehen echt scheiße aus.«

»Jupp, es reicht!«, schrie Werner Jupp an und haute mit der Faust auf die Theke. »Jetzt lass den Jungen mal in Ruhe. Der kann bestimmt nicht dafür, schau ihn dir doch an. Aber irgendwas läuft hier völlig aus dem Ruder. Und ich werde herausfinden, was es ist.«

Er ließ alles stehen und liegen und rannte wutschnaubend hinaus. Jupp beeilte sich, hinterherzulaufen. Im Vorbeigehen warf er Christof erneut einen bösen Blick zu, ohne etwas zu sagen.

Christof schloss die Augen und blieb einfach sitzen. Er wollte nicht mehr. Weder reden noch trinken. Schon gar nicht etwas erklären müssen.

Noch so ein Tiefschlag. Warum war er im Moment der Prügelknabe der Nation? Was hatte das alles zu bedeuten? Er konnte sich keinen Reim darauf machen und das Denken strengte an. Er drückte seine Fäuste gegen die Schläfen und atmete tief durch. Es war definitiv ein Fehler gewesen, in diesem angeblich beschaulichen Ort Halt zu machen. Er drohte gerade auf dem Hocker das Gleichgewicht zu verlieren, als Jupp und Werner zurückkamen.

»Was für eine Sauerei. Aber sonst sind keine Wagen aufgebrochen worden. Auch bei dir sieht man keine Einbruchsspuren. Hattest du die Tür überhaupt abgeschlossen?«

Christof hätte gerne gesagt, dass er immer abschloss. Dann ließ er das Nachhausekommen vor seinem inneren Auge vorbeiziehen. Er war so müde gewesen, hatte kaum die Augen offen halten können. Er hatte den Schlüssel gesucht, nach einer gefühlten Ewigkeit gefunden und aufgeschlossen. Das war präsent. Und dann? Hatte er den Schlüssel auch abgezogen? Er wusste es nicht, konnte sich auf diesen Moment nicht konzentrieren. Alles blieb nebulös.

»Bei Jupp fehlt nur eine Flasche Schnaps. Ich nehme an, das waren ein paar Jugendliche auf der Suche nach Dingen, die man schnell zu Bargeld machen kann. Vielleicht Junkies? Sehr erstaunlich, dass du nichts gehört hast. So tief kann man gar nicht am helllichten Tag schlafen.«

Christof nahm trotz seiner Benommenheit den leichten Vorwurf in Werners Stimme wahr. Er wollte sich nicht rechtfertigen, dennoch musste er sich erklären. »Ich glaube, das sind Nachwirkungen der Gehirnerschütterung. Anders kann ich mir keinen Reim darauf machen. Und dann diese Kopfschmerzen. Kurz vorher hatte ich etwas dagegen genommen, die machen müde.« Wie zur Bestätigung gähnte er.

»Aber wie kann das passieren, dass niemand die Jungs gesehen hat? Hier ist immer jemand. Es wäre aufgefallen, wenn Fremde hier rumgelungert hätten.«

»Nicht unbedingt, wenn sie über den Zaun geklettert sind. Dein und Jupps Wohnwagen stehen ja in unmittelbarer Nähe der Einzäunung.« Werner schaute Christof mitleidig an. »Und bei dir haben sie tatsächlich alles verwüstet und den Computer mitgehen lassen?«

Christof nickte.

»Ist gerade nicht die beste Zeit deines Lebens, was?«

Jupp näherte sich, sein Gesicht drückte Anteilnahme aus. »Ich helfe dir beim Aufräumen. Ist Ehrensache. Sag Bescheid.«

Der Alkoholgeruch nahm Christof den Atem. Was war denn in Jupp gefahren? Die plötzliche Hilfsbereitschaft des Mannes, der ihn vor drei Tagen noch für einen Mörder gehalten hatte und für das Übel schlechthin hielt, irritierte Christof. Im Leben nicht, dachte er, sagte aber: »Danke, das schaffe ich schon alleine. Außerdem sollte sich das erst mal die Polizei anschauen.«

Werner mischte sich ein. »Ich hab Rudi Bescheid gegeben. Und auf das Angebot von Jupp solltest du zurückkommen. Das hat mich einige Überzeugungskraft gekostet.«

Christof grinste. Daher wehte der Wind. In diesem Moment wurde die Tür mit Schwung aufgerissen.

Wappenschmidt trat ein. »Was ist denn nun schon wieder los? Einbruch? Hat es hier ewig nicht mehr gegeben!«

Werner warf Jupp einen bösen Blick zu, als dieser wieder anfing: »Seit er ...«. Sein Blick reichte, um ihn zu stoppen. Sachlich und emotionslos beschrieb Werner dem Polizisten den Einbruch in Christofs Wohnwagen. Christof nickte dankbar, er wollte nicht schon wieder reden und erklären müssen, was ihm selbst unbegreiflich schien.

Wappenschmidt notierte etwas in sein Notizbuch, und als er es zuklappte, sagte er: »Ich habe den Kollegen Bescheid gegeben. Hier in Nideggen sind wir von solchen Einbrüchen bisher verschont geblieben, in Düren geht es schon krimineller zu. Die Anzeige nehmen wir selbstverständlich auf. Brauchen Sie ja für die Versicherung.«

Christof schaute den Polizisten eindringlich an. Er hatte das Gefühl, dass das Gespräch in die falsche Richtung lief. Er setze sich aufrecht hin und sagte bestimmt: »Und was ist mit Fingerabdrücken? Die Spurensicherung muss kommen. Da ausgerechnet jetzt der Einbruch passierte, kann es auch mit Saschas Tod zu tun haben. Was, wenn der Täter zurück zum Tatort gekommen ist, um seine Spuren zu beseitigen?«

Es wurde mucksmäuschenstill in der Gaststätte. Alle richteten ihre Blicke auf Christof. Wappenschmidt schaute ihn an, als habe er den Verstand verloren. Werner fand als Erster seine Sprache wieder. »Was redest du da? Du bist ja völlig verrückt geworden. Saschas Tod war ein schrecklicher Unfall. Und der Einbruch ist das Werk ein paar Jugendlicher. Das eine hat mit dem anderen nichts zu tun.« Er schaute völlig schockiert. »Auf meinem Campingplatz gibt es keine Mörder. Da ist wohl mehr in deinem Kopf kaputt gegangen als gedacht.«

Wappenschmidt machte einen Schritt auf Christof zu. Es waren weder Mitgefühl noch Bedauern in seinem Gesicht zu lesen, sondern Wut und Verärgerung. »Herr Breuckmann, ich möchte Sie wirklich bitten, nicht solch einen Unsinn zu verzapfen. Ihre Anschuldigungen und

Unterstellungen entbehren jeder Grundlage. Lassen Sie der Polizei, mir und meinen Kollegen, Raum, um unsere Arbeit zu machen, und behindern Sie uns nicht mit abenteuerlichen Geschichten. Das ist eine offizielle Verwarnung. Die sollten Sie ernst nehmen.«

SIEBZEHN

Das Geräusch konnte er nicht zuordnen. Er wusste nur, dass es überhaupt nicht zu Wellenrauschen und Möwengeschrei passte. Im gleichen Moment fragte er sich, warum an der Rur Wellen und Möwen zu hören waren. Das Rauschen verklang, ebenso das Geschrei. Erst dann erkannte er den Klingelton seines Handys. Er hatte zwar Urlaub, war aber nicht in der Bretagne, sondern in der Eifel. Auf einem Campingplatz. Und irgendjemand rief ihn an. Nein, nicht irgendjemand, sondern seine Schwester. Ihr hatte er diesen Klingelton zugeordnet. Er schlug die Augen auf und griff nach links. Ins Leere. Er drehte sich um, und bekam sein Telefon in die Hand. »Ja?«

»Happy Birthday«, klang an sein Ohr. Gesungen statt gesprochen. Seine Schwester sang gerne und laut, traf dabei jedoch selten einen Ton. Trotz der falschen Töne lächelte er. Viola würde nie seinen Geburtstag vergessen. Im Gegensatz zu ihm. In den letzten Tagen war so viel passiert, dass er daran nicht mehr gedacht hatte.

»Ist ja schon gut. Danke, Schwesterherz«, rief er in der Hoffnung, dass sie zu singen aufhörte. Vergeblich.

»Happy Birthday, lieeeeeber Christof ...« Mittlerweile hatte er sich aufgerichtet, den Schlaf aus den Augen gerieben und das Handy etwas weiter von seinem Ohr weggehalten.

»Wie geht es dir?«, fragte sie, nachdem sie den letzten Ton ihres Gesangs ausgekostet hatte.

»Gut, danke. Du bist wie immer die Erste, die gratuliert.« »Das hoffe ich doch, mein Lieber. Wie gefällt dir dein Urlaub? Wie ist das Meer?«

Sie wusste noch nichts von seinem Malheur. Dass er einen Mord aufzuklären hatte, und eventuell einen Ehebruch. Aber vielleicht durfte er die beiden Fälle nicht getrennt voneinander betrachten, weil sie zusammenhingen? Oder er irrte sich komplett und alles war so, wie Wappenschmidt erklärt hatte, und Werner bildete sich auch nur ein, dass seine Frau ihn betrog. Aber was war mit den Turnschuhen, den Papierschnitzeln? Dem Einbruch?, fragte ihn sofort seine innere Stimme. Seine Schwester war Kriminalhauptkommissarin in Düsseldorf. Wenn er sie einlud, könnte er alles mit ihr besprechen.

»Sag mal, Schwesterherz, was hast du denn heute Abend vor?«

»Wieso?«

»Was hältst du davon, mit mir zusammen zu essen und ein Gläschen zu trinken? Bring deinen Mann mit und wir verbringen einen vergnüglichen Abend.« Dass die Anwesenheit seines Schwagers Victors ein gemütliches Zusammensein ausschloss, verdrängt er in diesem Moment.

»Wieso? Bist du nicht in Le Mont-Saint-Michel?«

»Nee, mich haben wichtige Dinge in der Eifel aufgehalten.«

Es blieb still in der Leitung. Viola räusperte sich. Als sie weitersprach, hallte ihrer Stimme ein vorwurfsvoller Unterton nach. »Du hast auf diesem Campingplatz Halt gemacht!« Viola war empört, vielleicht auch enttäuscht, weil er nicht auf sie gehört hatte. »Ich habe dir ausdrücklich gesagt, was ich von dieser Schnapsidee halte. Wieso musst du immer deinen Kopf durchsetzen? Und jetzt hängst du in dieser Einöde fest, klebst an Erinnerungen. Wie willst du denn jemals neu anfangen, wenn du nicht loslassen kannst? Hast du denn mein Buch nicht gelesen? ›Das Geheimnis des Neuanfangs‹. Das beschreibt genau deine Situation. Das sind Zeichen, die man ernst nehmen sollte. Gerade jetzt ist der richtige Zeitpunkt, dein Leben komplett zu ändern. Von Grund auf. Strukturen ändern.«

Christof seufzte. Seine Schwester hatte schon immer einen Hang zu Dramatik gehabt. Liebte es, Ratgeberbücher zu lesen, um anschließend ihr Umfeld mit guten Tipps zu versorgen. Allerdings fiel es auf, dass die Ratschläge nur für andere galten. Sie selbst glaubte, zu jeder Zeit alles richtig zu machen. Vielleicht brachte das ihr Job mit sich. Als Kriminalhauptkommissarin musste sie sich gegen ihre männlichen Kollegen durchsetzen und Zögern oder Zweifel schadeten mehr, als dass sie halfen.

Allerdings begegnete sie Christof schon immer mit großschwesterlicher Arroganz, als hätte sie in dem Fünf-Jahres-Altersvorsprung das Wissen der Welt gepachtet. Als ob er nicht in der Lage wäre, auf sich aufzupassen.

»Das ist alles ganz anders. Ich erkläre es dir gerne heute Abend, wenn ihr kommt. Ich bestelle einen Tisch beim Italiener und wir feiern. Du willst deinen kleinen Bruder doch nicht alleine an seinem Geburtstag lassen?« Das Spiel konnte er auch spielen. Machte er auf kleinen Bruder, der seine große Schwester sehen wollte, wurde sie weich.

Sie überlegte nicht lange. »In Ordnung, das könnte klappen. Ich habe frei, Victor auch. Also gut, wir kommen, Christof. Ich werde dich ausnehmen, ab jetzt nichts mehr essen und heute Abend schlemmen. Ich hoffe, das Restaurant ist gut, auch wenn es nicht die Düsseldorfer Altstadt, sondern nur die Eifel ist.«

»Alternativ hätte ich noch die Gaststätte hier auf dem Campingplatz anzubieten. Hier kocht eine Polin nach Original-Rezepten. Kennst du Bigos? Sehr empfehlenswert, wenn man nach einer Nacht im Krankenhaus wieder aufgepäppelt werden muss.« Jetzt hatte er sie am Haken.

»Wieso Krankenhaus, Christof? Was verschweigst du mir?« Ihre Stimme veränderte sich, klang neugierig, sogar etwas ängstlich.

»Ich erzähle dir alles heute Abend. Mach dir keine Sorgen. Aber es kann sein, dass ich deine Hilfe brauche. Die Adresse schicke ich nachher per SMS. Freu mich, bis später, Schwesterherz!« Er wollte gerade auflegen, als ihm etwas einfiel. »Sag mal, hast du deinen alten Laptop noch? Kannst du mir den mitbringen?«

»Nein, leider nicht. Wieso ...«

»Ist nicht so wichtig«, sagte er und legte auf.

ACHTZEHN

»Ja, ja, ich nehme es ja auf. Anzeige gegen unbekannt. Ihr Laptop wurde gestohlen.«

»Dann wissen Sie alles. Ich wollte nur sichergehen, dass Sie es nicht vergessen. Mein Wohnmobil wurde aufgebrochen, das Notebook geklaut und als wäre das nicht genug, haben die Täter alles durchwühlt und verwüstet. Ich hatte nicht das Gefühl, dass Sie mich ernst nahmen, als Sie den Tatort besichtigten und habe es auch jetzt nicht.«

Christofs Stimme klang bestimmt. Während er sprach, beobachtete er Wappenschmidts Gesichtsausdruck, der regungslos blieb. Ihm war wichtig, klar zu machen, dass er einen Zusammenhang zwischen Saschas Tod und dem Einbruch sah, an den die Polizei nicht glaubte. Kevin jedoch hatte er auch überzeugen können, dass an Saschas Tod etwas nicht ganz koscher war. Er gab nicht auf. »Wenn Sie die Fingerabdrücke nehmen, dann könnte man sie durch den Computer auf der Suche nach Übereinstimmungen laufen lassen.«

Wappenschmidt antwortet noch immer nicht.

»So sieht man das stets im Fernsehen. In allen Krimiserien.« Von seiner Schwester erzählte er besser nichts.

»Die Ermittlungsarbeit in Fernsehserien hat mit der Wirklichkeit in den seltensten Fällen etwas zu tun. Die Arbeit der Tatortkommissare ist mit unserem Alltag nicht vergleichbar.« Wappenschmidts Ton ließ keinen Zweifel aufkommen, was er von ihm als Person und dem Tipp hielt. Das Schlimme war, dass sich Christof genauso fühlte: wie ein kompletter Idiot. Ein neunmalkluger Besserwisser, der sich profilieren wollte. »Herr Lehrer, ich weiß was.«

»In Ordnung, Herr Wappenschmidt, ich verstehe. Ich stelle Anzeige gegen eine oder mehrere unbekannte Personen und lasse Sie ermitteln.« Ein gönnerhaftes Lächeln war die Folge.

»Ich bin überzeugt, da hatten es Unbekannte auf Elektrogeräte abgesehen, die sie schnell zu Geld machen können. Auch in der Eifel sind wir nicht gefeit vor diesen Banden, die aus Osteuropa wie Polen und Tschechien kommen, um hier schnelle Beute machen zu wollen. Ich sag nur Navigationsgeräte aus Autos. Mittlerweile auch Spiegel. Glaubt man das?«

Es folgte ein längerer Vortrag über die Ohnmacht der Polizei, den Banden das Handwerk zu legen. Es gab Späher, den Bruch machten später andere. Christof vermied jede Erwiderung. Es war völliger Quatsch, diesen Einbruch mit osteuropäischen Banden in Zusammenhang bringen zu wollen, die es auf Navigationsgeräte, Airbags und anderes Autozubehör abgesehen hatten.

»Gibt es Einbruchspuren? Oder haben Sie vielleicht den Wagen offengelassen? Passiert häufiger auf so einem idyllischen Fleckchen Erde. Man rechnet nicht mit krimineller Energie.« Wappenschmidt hatte sich wieder dem Fall gewidmet.

Christof spürte, wie die Wut in ihm wuchs. Was bildete sich dieser Dorfsheriff eigentlich ein, wen er vor sich sitzen hatte? Einen übereifrigen, gelangweilten

Urlauber, der nicht wusste, was er mit seiner Zeit anstellen sollte? Er hatte jahrelang eine Abteilung mit fünfundzwanzig Mitarbeitern sehr erfolgreich gemanagt. Zumindest ging es die Karriereleiter immer höher, bis der Neue kam. Zu der Wut über den Polizisten gesellte sich die Wut über die Ungerechtigkeit seines Ausscheidens aus dem Unternehmen. Und dann dachte er an Sabine. Er stand auf. Der Stuhl kippte und schlug mit einem lauten Knall auf dem Boden auf. »Ich habe die Tür nicht aufgelassen, ich bin nicht blöd. Wenn Sie nicht wollen, dann kläre ich das allein. Die Anzeige brauche ich für die Versicherung. Wo muss ich unterschreiben?«

»Wenn Sie die Tür nicht abgeschlossen haben, zahlt die Versicherung nicht. Das wissen Sie?«

Christof erwiderte nichts, schritt, ohne Wappenschmidt eines weiteren Blicks zu würdigen, aus dem Raum. Mit hochrotem Gesicht und innerlich vor Wut kochend floh er aus dem Büro. Eine Kastanie, die vom in der Nähe stehenden Baum gefallen war, lag vor seinen Füßen. Er trat heftig dagegen, was er augenblicklich bereute. Die erhöhte Bordsteinkante hatte er nicht gesehen. Ein Aufschrei und ein Fluch folgten, die zum Glück niemand gehört hatte.

Er schämte sich. Lautsein war nicht seins. Er war ein Mensch der leisen Töne, der Gespräche und maximal Diskussionen. Seine Schwester behauptete, er sei ein Feingeist, zu nett für diese Welt. Er hatte ihr bewiesen, dass Feingeist nicht automatisch bedeutete, ein armer Schlucker zu sein. Er war mit seiner Art erfolgreich gewesen und hatte gutes Geld verdient, eine nette Frau gefunden, die ihn verstand und ihn liebte. Das hatte er zumindest geglaubt, bis ihm das Schicksal den Boden unter den Füßen wegzurrte und ihm Job und Sabine nahm. Seine Arbeit machte nun ein Externer, der gerade das Studium absolviert hatte. Ein vielversprechendes Talent, mit sehr guten Abschlüssen an Eliteunis und Auslandsaufenthalten. Ein eiskalter Hund.

Sabine verließ ihn wegen eines Bankers, der aussah, als hätte er in frühen Jahren geboxt. Und er, Christof, hing hier in der Eifel fest, weil er über eine Leiche gestolpert war, weil er einem alten Bekannten versprochen hatte, nachzuprüfen, ob ihn seine Frau betrog. Aber so ein Provinzpolizist war zu naiv, um Zusammenhänge zu sehen, die offensichtlich waren. Er schaute sich um. Zum Glück stand die Quickly noch an dem Platz, wo er sie abgestellt hatte. Man musste sich auch an kleinen Dingen erfreuen.

Zurück auf dem Campingplatz führte ihn sein Weg ins Restaurant. Wie immer saßen die üblichen Verdächtigen dort.

»Er kommt nicht. Keine Fingerabdrücke. Er sagt, das wären Banden, die hier Station machen und bereits jetzt über alle Berge sind. Fingerabdrücke hinterlassen die sowieso nicht. Ist der immer so ein Stoffel?«, fiel er mit der Tür ins Haus.

»Rudi ist ein guter Polizist. Sehr kompetent, stets freundlich. Seit Jahren hält er hier die Ordnung aufrecht, hat immer ein Ohr für alle. Außerdem ist er eine Bereicherung für unsere Laienschauspielgruppe. Normalerweise hat er auch gar nicht so viel hier zu tun. Erst seit du hier bist, häufen sich die Verbrechen.« Eine kleine Pause. »Nicht dass du denkst, dass auch ich dich für verantwortlich halte. Aber dass das hier das Werk einer Bande sein soll, glaube ich auch nicht.« Werner gab ihm zumindest in der Sache recht. Allerdings schwang ein Unterton in Werners Stimme mit, den Christof nicht mochte. Was wollte er mit der Bemerkung unterstellen? Der nächste Satz machte es nicht besser.

»Das Türschloss ist nicht kaputt. Schon merkwürdig. Bist du sicher, dass die Tür zu war?«

»Jetzt fängst du auch noch an. Natürlich.« Das klang energischer, als Christof wollte. Zweifel nagte an ihm. Er wusste nicht, ob er abgeschlossen hatte. Eigentlich war es ihm in Fleisch und Blut übergegangen, wenn er zu Bett ging. »Hat noch jemand von einem Einbruch berichtet?«

»Nein, außer dir und Jupp keiner. Hier hat noch nie jemand geklaut. Ist schon merkwürdig. Aber ich bin neugierig, was deine Vogel-Observation macht.«

Christof schluckte. Beweise, dass Ingeborg ihren Mann betrog, hatte er nicht gefunden. Dass sie Geheimnisse hatte, schon.

»Du kannst mir helfen, Kaminholz zu stapeln, da sind wir unter uns.« Werner drehte sich um und ging hinaus. Christof blieb nichts anderes übrig, als zu folgen.

Werner blieb vor einem Haufen Holz stehen. »Der muss dort an die Wand gestapelt werden. Mach dich nützlich und erzähl.«

Christof dachte an die Warnung des Arztes und verschränkte die Arme vor der Brust. »Ich kann dich beruhigen, ich habe keine Hinweise gefunden, dass sie dich mit einem anderen Mann betrügt.«

Werner zeigte keine Gefühlsregung. Er nahm einen großen Scheit Holz und begann eine neue Reihe auf den bestehenden Stapel zu schichten. Seine Stimme klang normal. »Aber? Es klingt so, als käme ein aber.«

Die Anstrengung stand Werner ins Gesicht geschrieben. Erste Schweißperlen bildeten sich auf der Nase.

»Ingeborg hat tatsächlich ein Geheimnis. Aber ich bin noch nicht dahintergekommen, was es ist. Meine Frage an dich: Was ist dir sonst noch aufgefallen? Ist Ingeborg schreckhaft oder besonders still geworden? Zu mir ist sie ganz normal, höflich nett und reserviert. Sie siezt ich immer noch. «

Werner brummte, schaute nicht einmal auf. »Das ist ja kein Verbrechen, sondern ihre Art. Sie sagt, das gehört sich so. Ansonsten hab ich keine Ahnung. Sie hat noch nie viel über sich und ihre Gefühle gesprochen. Ist zwischen uns nicht üblich.«

Christof beschloss, Werner reinen Wein einzuschenken. »Ich habe sie beobachtet, wie sie Papierschnipsel versteckt hat.«

»Was?« Ein weiterer, großer Klotz. »Papierschnipsel? Einen Brief? Einen Liebesbrief?«

Christof fühlte sich erneut wie ein kleiner Junge. Irgendwie lief das alles nicht so, wie er sich das vorgestellt hatte. »Ich habe sie aus der schwarzen Mülltonne gefischt, es kam mir verdächtig vor.«

»Es kam dir verdächtig vor, wie sie Papier in den Müll geworfen hat? Ich frage mich allen Ernstes, was mit dir passiert ist. Hat die Trennung von Sabine bei dir irgendetwas kaputt gemacht?«

»Du weißt ja noch nicht alles. Sie hatte sie zerrissen, und heimlich, als sie eigentlich im Bett mit Kopfschmerzen lag ...« Er kam nicht dazu, seinen Satz auszusprechen. Werner schmiss ihm zwei Holzscheite vor die Füße. »Mach dich nützlich oder geh. So ein Schwachsinn. Kein Mann – das war alles, was ich wissen wollte. Papierschnitzel aus dem Müll holen«, murmelte er angewidert, schüttelte den Kopf und stapelte weiter.

»Und dann der Holländer. Mit dem hat sie sich heimlich an der Tankstelle getroffen. Das war aber kein Tête-à-Tête.« Sein letzter Trumpf.

Werner blickte auf. »Der Holländer hat auch mit mir gesprochen. Es ging ums Geschäft, um unseren Campingplatz. Die haben weder ein Verhältnis noch ein anderes Geheimnis. Da war und ist nichts. Und jetzt lass mich arbeiten und du legst dich besser hin. Dann kannst du auch keinen Unsinn anstellen. Papierschnipsel«, murmelte er vor sich hin, während er die nächste Lage Holz in Angriff nahm.

Christof fühlte sich scheußlich. Niemand nahm ihn ernst und als Privatdetektiv war er zunächst mal gescheitert. Morgen war er definitiv weg. Er wollte Meer statt See. Fischsuppe statt Bigos. Und nette Franzosen statt engstirnige, maulfaule Eifler.

Ludmilla war nicht da, Ingeborg stand hinter dem Tresen. »Hallo, Christof. Wie geht es Ihnen? Was macht der Kopf? Besser als gestern?« Dankbar, dass sich überhaupt jemand für ihn interessierte, lächelte er. Zum ersten Mal an diesem furchtbaren Tag.

»Ich muss Ihnen etwas gestehen.« Ingeborg schaute ihn entschuldigend an. »Die Kopfschmerztabletten von gestern. Haben Sie beide genommen?«

»Ja, vielen Dank noch einmal.«

»Das waren keine Schmerztabletten. Ich hatte mich vertan.«

Ungläubig schaute Christof sie an. »Wie soll ich das genau verstehen?«

»Es tut mir wirklich leid, aber im Badezimmer lag das Schmerzmittel neben den Schlaftabletten. Ich hab falsch gegriffen.«

Christof wusste nicht, was er erwidern sollte. Ihm blieb der Mund vor Staunen offen stehen. Jetzt wurde ihm einiges klar. Diese bleierne Müdigkeit, die ihn befallen hatte. Kein Wunder, dass er nichts von dem Einbruch bemerkt hatte. Er war sofort eingeschlafen und in einen tiefen, langen Schlaf gefallen. Er hatte alles auf die Verletzung und die Aufregung um Saschas Tod geschoben. Aber Schlaftabletten erklärten alles. Auch, warum er nicht genau wusste, ob er die Tür verschlossen hatte. Er schaute Ingeborg ins Gesicht. Absicht oder Versehen? Beides konnte möglich sein. Ingeborg hatte ihm die Schlaftablette nach dem Besuch des Holländers gegeben. Bestand doch ein Zusammenhang? Konnte er denn niemandem mehr trauen?

»Vielleicht haben Sie deshalb nicht gehört, dass jemand eingestiegen ist. Es tut mir leid. Sehr ärgerlich. Aber da Sie ja nicht arbeiten, waren sicherlich nur private Dinge auf dem Computer. Fotos oder so? Hat Rudi denn schon gesagt, ob er eine heiße Spur hat? Sie haben Anzeige erstattet, oder?«

»Natürlich. Aber es gibt keine Spur.«

Sie ging nicht darauf ein. Als ob sie nichts anderes erwartet hatte. »Aber jetzt etwas Erfreuliches.« Sie strahlte ihn an. Von einem schlechten Gewissen keine Spur. Bildete er sich alles nur ein?

»Ganz herzliche Glückwünsche zu Ihrem Geburtstag.«

Er schaute überrascht auf. »Woher wissen Sie das?«

»Die Anmeldedaten.« Sie lachte. »Wollen Sie heute hier feiern? Soll ich etwas vorbereiten?«

»Nein, danke. Meine Schwester und ihr Mann kommen heute aus Düsseldorf. Ich wollte sie zum Essen einladen. Egal was, Hauptsache gut. Haben Sie eine Empfehlung für mich?«

»Sicherlich. Ein paar. Aber ein Lieblingsrestaurant. Ich bestelle einen Tisch. Der Chef kocht gerne etwas Besonderes für liebe Gäste.«

NEUNZEHN

Christof nahm das Angebot von Ingeborg dankbar an. »Ich muss sowieso nach Nideggen, ich nehme Sie gerne im Auto mit«, sagte sie. »Dann müssen Sie nicht mit diesem schrecklichen Moped fahren und können etwas trinken. Nach den ganzen Aufregungen.«

Er lächelte sie an. Er hatte wirklich Lust auf ein gutes Glas Wein. Oder zwei. Viola würde ihn sicherlich gerne zurückfahren. Außerdem konnte er Ingeborg im Auto ausfragen. Sie verheimlichte etwas, und es war an der Zeit herauszufinden, was es war. Was hatte es mit diesen Papierstreifen auf sich, die sie im Müll verstecken wollte?

»Nehmen Sie Platz.« Sie war kaum geschminkt. Ihre Haare nicht so ordentlich frisiert wie sonst. Ein Fleck auf der rosa Bluse stach ihm sofort ins Auge. Normalerweise war sie immer perfekt gekleidet, wie aus dem Ei gepellt. Irgendetwas war passiert, hatte sie aus der Bahn geworfen. Sicher kein einfacher Liebeskummer. Zumal Ingeborg keine Frau war, die verlassen wurde, sondern eine, die verließ. Was war bloß geschehen?

»Komische Dinge passieren in letzter Zeit auf dem Campingplatz«, begann sie das Gespräch.

Christof nickte. »Ich kann ja nur für mich sprechen. Aber dass ich innerhalb von wenigen Tagen in eine Schlägerei gerate, über einen Toten stolpere, niedergeschlagen und für einen Mörder gehalten werde, in mein Wohnmobil eingebrochen wird, ist tatsächlich etwas eigenartig. Hätte nie gedacht, dass mir das passieren könnte.«

»Man könnte glauben, es habe alles mit Ihnen zu tun. Sind Sie jemanden auf die Füße getreten?«

Das war die Ingeborg, die er kannte. Direkt und geradeheraus. Man wusste, woran man mit ihr war. Er hatte keine Antwort. Der Gedanke schien die einzige Erklärung. Er selbst hatte sich schon den Kopf zermartert, wem er in die Quere gekommen war. Die abenteuerlichsten Ideen waren ihm durch den Kopf gegangen, die er alle wieder verworfen hatte. Sein Arbeitgeber hatte ihn entsorgt, und er hatte keine Geschäftsgeheimnisse gewusst. Nichts, was nicht jede Sekretärin über den Flurfunk erfahren konnte. Sabines neuer Freund war ein unangenehmer Zeitgenosse, aber auch er brauchte nicht zu solchen Maßnahmen greifen, Sabine hatte ihn auch so abserviert. Blieb Sascha. Diese ganzen Dinge mussten mit ihm zu tun haben. Und mit den Fotos, die er geschossen hatte. Irgendjemand wollte nicht, dass er weiter in dieser Sache herumstach.

»Seien Sie sicher, Frau Donner, mit mir kann das nichts zu tun haben. Ich bin so harmlos wie ein Sommerregen.«

»Selbst ein Sommerregen kann verheerende Folgen haben.« Das Getriebe knarrte, als sie vom Rückwärtsgang in den ersten schaltete. Sie verzog keine Miene. »Stellen Sie Ihr Licht nicht unter den Scheffel. Frauen mögen das nicht. Merken Sie sich das.«

Was sollte das denn nun? Er suchte nach Worten, um das Gespräch von sich auf ihre Person zu lenken.

»Danke. Ist das Ihr Geheimnis für eine langjährige Ehe?« Er war stolz, dass ihm diese Gegenfrage eingefallen war. Eine elegante Wendung, um von sich abzulenken, und das Interesse auf Ingeborg zu lenken. Zumindest bis zu ihrer Antwort. »Sind Sie auf der Suche nach einem Rezept für eine lange Ehe? Glauben Sie mir, das gibt es nicht. Ihre Schwester ist auch verheiratet, nicht wahr? Warum Sie eigentlich nicht? Ich dachte damals, dass Sabine und Sie heiraten werden, zwei Kinder bekommen und ein normales deutsches Familienglück leben.«

Ingeborg war besser als er. »Hatte ich auch gedacht. Manchmal passieren Dinge, die man nicht vorhersehen kann«, sagte er.

»Da ist was Wahres dran.« Sie wechselte das Thema. »Sie haben einen schönen Abend vor sich. Der Koch in dem Restaurant versteht sein Handwerk. Familienbetrieb. Ich habe angerufen und gesagt, dass Sie Bekannte von mir sind. Sie sollten das Hirschragout mit Waldpilzen probieren. Ein Gedicht! Dazu eine guten Roten, ich würde ...« Sie stockte. »Ich sollte aufhören, ständig Ratschläge zu geben. Ich habe nicht immer recht.«

Sie blickte stur auf die Straße, warf einen kurzen Blick in den linken Außenspiegel, dann in den Rückspiegel. Christof kam es vor, als vermiede sie es, ihn anzuschauen.

»Ich habe nie getan, was man mir sagte. Musste immer meinen Kopf durchsetzen. Meine Mutter hat mich gewarnt, kurz vor der Hochzeit.«

Christof wusste nicht, ob er sie reden lassen sollte oder ob sie eine Erwiderung erwartete. Bevor er sich entschloss zu fragen, was denn ihre Mutter gesagt habe, sprach sie schon weiter. »Sie hat mich nicht richtig gewarnt. Aber später habe ich viel über ihre Worte nachgedacht. ›Du musst nicht heiraten, Kind. Aus keinem Grund der Welt.‹ Sie dachte, ich sei schwanger. Das war für sie der einzige Grund, den sie sich vorstellen konnte, warum ich heiraten wollte. Aber mein Motor war ein ganz anderer. Ich wollte mein eigenes Leben führen. Weg vom Elternhaus. Ich habe mir das so schön vorgestellt. Mein eigens Heim. Mein eigenes Geschirr, meine eigenen Tischdecken. Ich hatte ganz genaue Vorstellungen. Und Werner vergötterte mich, und er war eine gute Partie. Mir erschien es eine wunderbare Fügung. Mein Vater war streng und Werner liebte mich, vielleicht glaubt er, mich immer noch zu lieben.«

Sie trat stärker auf die Bremse als nötig. Christofs Oberkörper flog nach vorne.

»Wir sind da. Viel Spaß«, fügte sie hinzu und als er für ihr Verständnis zu langsam ausstieg, trieb sie ihn an. »Machen Sie schon. Sie sollten als Gastgeber der Erste sein und einen Aperitif bestellen.«

Kaum hatte er die Autotür geschlossen, fuhr sie mit quietschenden Reifen los. Einen Moment blieb er stehen und betrachtete das historische Gebäude. Vor dem dreistöckigen Gebäude brannten Kerzen in großen Edelstahl-Windlichtern. Es wirkte edel und gemütlich. Er erinnerte sich, dass Ingeborg erzählt hatte, dass das Haus schon seit Jahrhunderten ein Ort war, an dem Reisende Kost und Logis bekamen. Das Erkennungszeichen des Restaurants war das Licht, welches die Reisenden willkommen heißen sollte.

Wie gut es passte: Auch Christof war ein Reisender und er fühlte sich willkommen.

Er schob seine Probleme zur Seite und beschloss, diesen Abend zu genießen.

Eine sympathische Frau begrüßte ihn mit einem herzlichen Lachen, als er nach seiner Reservierung fragte.

»Herr Breuckmann, ich freue mich, Sie zu sehen. Alles Gute zum Geburtstag.« Sie schüttelte ihm die Hand und bat ihn näherzutreten. »Ich habe den schönsten Tisch reserviert und ihn besonders eindecken lassen. Für Freunde von Werner und Ingeborg!«

Sie hatte nicht zu viel versprochen. Auf dem Tisch stand eine Vase mit einem üppigen Blumenbouquet. Christof war sich nicht sicher, was Ingeborg erzählt hatte. Es ging nur um ein kleines Abendessen. Um nicht mehr, aber auch nicht weniger. »Ich danke Ihnen«, sagte er, doch die Dame unterbrach ihn.

»Zur Begrüßung einen Prosecco, als Begleitung für das Essen habe ich bereits einen kräftigen Rotwein geöffnet. Er muss atmen, damit er seine Aromen entfalten kann.« Dabei schloss sie verzückt die Augen. »Der passt immer, zu jedem Gericht.«

Als sie Christofs Gesichtsausdruck bemerkte, versicherte sie, dass es auch andere Weine gab, wenn es gewünscht wäre. »Keine Sorge«, versicherte sie erneut, berührte Christofs Oberarm und verschwand in Richtung Küche, während sie etwas von »nach dem Rechten gucken« murmelte.

Lass es zu, genieß den Abend, schimpfte Christof mit sich. Wie so oft, wenn sich Christof überrumpelt fühlte, versuchte er sich mit Beschwörungsformeln zu beruhigen und zu entspannen. Das würde in einer Enttäuschung für den Koch enden. Viola trank kaum Alkohol. Er konnte sich nicht erinnern, dass sie jemals mehr als ein Glas Sekt oder Champagner getrunken hatte. Vielleicht lag es am Vater, vielleicht an ihrem

Beruf. Als Kommissarin war sie fast immer im Einsatz, auf Abruf bereit. Für Viola eine Frage der Berufsehre. Dass es ihre Kollegen anders sahen, interessierte sie nicht. Sie fand alkoholkranke Polizisten einen Widerspruch in sich. Es gehöre sich nicht, erklärte sie immer. »Depressive und Suchtkranke haben in dem Job nichts zu suchen, sie sind lebensgefährlich«, betonte sie immer wieder.

Christof gab ihr recht. Das bedeutete für heute Abend, dass sie maximal am Prosecco nippen und den großartigen Rotwein komplett verschmähen würde. Blieb mehr für ihren Mann Victor und ihn.

Christof grinste. Er musste sich ranhalten, seinem Schwager gönnte er nicht einen Tropfen. Er schaute aus dem Fenster und sah Viola, wie sie gerade auf den Parkplatz fuhr. Wie immer saß sie am Steuer, ihre bessere Hälfte saß auf dem Beifahrersitz und hinterfragte und kommentierte alles, was sie tat. Warum sie so früh oder so spät geblinkt hatte. Warum sie glaube, dass das der kürzere Weg sei. Ob der Sicherheitsabstand zum Vordermann nicht zu gering sei.

Christof bewunderte seine Schwester, dass sie ihren Mann noch nicht erschossen hatte. Das ginge sicherlich als Notwehr durch.

Aber irgendetwas fand sie an ihm. Sie schwärmte immer von seiner tollen Stimme, wenn er ihr abends zur Entspannung etwas vorlas. Oder ihre Füße massierte. Oder seine sagenumwobene Bouillabaisse kochte. Er war ein brillanter Koch, sagte sie. Viola war keine kompetente Ansprechpartnerin in allen Dingen, die in der Küche passierten – sie konnte noch nicht einmal Kartoffeln kochen. Aber Christof musste zugeben, dass es meist hervorragend schmeckte, was Victor in der Küche zubereitete. Ansonsten war er ein Neunmalkluger, Besserwisser und Dummschwätzer. Es reichte ein Wort, um ihn zu beschreiben: unerträglich.

Nun gut, ein paar Stunden würde Christof ihn ertragen. Auch seine Anmerkungen zum Essen. Er war gespannt, wie der Koch auf die Nachfragen reagierte oder ob er ihn sogar in seine Küche ließ. Christof stand auf, als Viola das Restaurant betrat. Sie fiel ihm um den Hals und drückte ihn herzlich an sich. »Mein kleiner Bruder. Ich mag gar nicht glauben, dass du wirklich vierundvierzig Jahre alt bist.«

»Weil es dir bewusst macht, dass du nächstes Jahr Fünfzig wirst«, entgegnete Christof.

Viola nickte. »Ein großer Fehler der Menschen, alles und jedes auf sich zu beziehen.« Sie trat einen Schritt zur Seite, um Victor Platz zu machen. Mit weit ausgestreckten Armen schritt er auf Christof zu. »Hi, altes Haus! Herzlichen Glückwunsch!«

Christof ließ es geschehen, danach herrschte für einen kleinen Moment Schweigen. »Setzt euch doch. Irgendwie hat Frau Donner, die Besitzerin vom Campingplatz, ein gutes Wort für mich hier eingelegt. Ich werde wie ein VIP behandelt.«

»Habe von diesem Restaurant noch nichts gehört. Kochen die gut?« Victor, der Gourmet, verzog zweifelnd die Mundwinkel.

»Ich war auch noch nicht hier, aber die Donners schwärmen davon. Ehrliche, gute und schmackhafte regionale Küche. Kein Chichi, wie man es von Düsseldorf kennt.«
Viola fuhr sich fahrig mit den Fingern durchs Haar und schien nicht zuzuhören.

»Ist etwas passiert?«, fragte Christof.

Viola sah ihn erschrocken an. »Wie kommst du denn darauf? Nein, nein.«

Christof sah seine Schwester genauer an, bemerkte die dunklen Schatten um ihre Augen, die Falten um den Mund, die tiefer als sonst zu sein schienen. »Ist etwas mit Mutter?«

»Lass uns erst mal essen und den Abend genießen. Es gibt etwas, was wir besprechen sollten. Aber es ist nichts Dramatisches. Brauchst dich nicht aufregen.«

Es konnte nur um Mutter gehen, dachte Christof. Er dachte an das letzte Telefongespräch einen Tag vor seinem Urlaub. Sie hatte ganz normal geklungen, von ihrem Alltag erzählt, von ihrer Nachbarin mit den vielen Katzen, dass sie ihren Hund vermisste und natürlich noch viel mehr ihren Mann. Dass sie immer noch jeden Tag zum Friedhof ging und mit ihm redete. Für Außenstehende mochte es seltsam klingen, doch ansonsten war die Mutter eigentlich ganz normal. Wenn es so etwas wie normal in unserer Familie gab, fügte er in Gedanken hinzu. Zumindest für Viola und ihn fiel ihr Verhalten nicht sonderlich auf. Wenn man ihre Selbstgespräche akzeptierte und ihrer Angewohnheit, im Nachthemd den Müll hinauszubringen, nicht zu viel Aufmerksamkeit schenkte. Sie hatte eine Zugehfrau, wie sie ihre Hilfe nannte. Diese stand in regelmäßigem Kontakt zu Viola, damit man rechtzeitig handeln konnte, wenn sie alleine nicht mehr klarkam.

»Ist es so weit?« Er wollte nicht die ganze Zeit während des Essens darüber grübeln, was passiert war. Das vermieste ihm den Genuss.

»Nein. Sie hat keine Aussetzer, ihr Gedächtnis ist nicht schlechter geworden. Keine Anzeichen von Demenz.« Viola lächelte zaghaft.

»Nur ...« Sie zögerte. »Vielleicht hältst du mich für überbesorgt und glaubst, ich widme dem zu viel Aufmerksamkeit. Sie hat einen Freund.«

Christof schaute irritiert. »Bitte? Mama hat einen Mann kennengelernt?«

»Ja. Sie treffen sich zum Spazieren gehen. Und besuchen Ausstellungen.«

Der Wirt kam und begrüßte die neuen Gäste herzlich, indem er nicht mit Komplimenten für Viola sparte. Und erlöste Christof, eine Entgegnung auf die Aussage zu finden. Viola war eine attraktive Frau. Sportlich und durchtrainiert. Sie wirkte jünger als Neunundvierzig, was nicht nur an den längeren, stufig geschnitten Haaren und den Ponyfransen lag. Sie betonte immer, es läge an ihrer vegetarischen Ernährung, was Christof bezweifelte. Doch ihr Aussehen schien ihr recht zu geben.

Als auch noch der Koch erschien und sich vorstellte, fragte sich Christof allen Ernstes, was Ingeborg von ihm erzählt hatte. Im blieb nichts anderes übrig, als seine Gäste vorzustellen. »Meine Schwester, auch wenn man es kaum vermutet, bei der nicht vorhandenen Ähnlichkeit.«

Das sah der Koch genauso. »Ein Kind wie Mama, das andere wie Papa. So ist das in der Natur.« Dann empfahl er seine Gerichte.

»Nehmen Sie unser Tagesmenü. Es ist vorzüglich. Als Vorspeise Lachsblüte auf Reibekuchen. Dazu bretonische Flusskrebse, Calvadosapfelspalten an Salatbouquet. Ein Gedicht!« Er fügte Daumen und

Zeigefinger zusammen und spitzte die Lippen. »Als Zwischengang eine Kürbissuppe nach meinem speziellen Rezept – so eine haben Sie noch nie gegessen. Meine Empfehlung wäre dann das Hirschragout. Lassen Sie sich überraschen! Und dann der Nachtisch: Bourbon-Vanilleeiscreme mit Pflaumengrütze.«

Beim Zuhören lief Christof das Wasser im Mund zusammen. Victor erging es nicht anders, nur Viola schüttelte den Kopf. »Bieten Sie auch ein vegetarisches Menü an?«

»Kein Problem. Als Vorspeise einen herbstlichen Salat mit Nüssen? Und als Hauptspeise Kartoffelrösti mit mediterranem Gemüse. Alles andere wie die Herren, wenn es Ihnen genehm ist.« Viola nickte begeistert, ebenso wie Christof und Victor.

»Zweimal Hirsch, einmal Rösti«, bestellte Christof.

Der Koch bedankte sich, spitzte erneut die Lippen und ließ ein eindeutiges Geräusch hören, als ob er es selbst nicht abwarten könnte, davon zu kosten.

Der Kellner, der die ganze Zeit aufmerksam zugehört hatte, fragte nach der Weinbegleitung und Victor begann ein Fachgespräch.

Sollte er, dachte Christof, da war Victor Experte. Er nutzte die Gelegenheit und sprach Viola noch einmal auf den Freund der Mutter an.

»Was irritiert dich daran? Es ist doch schön, dass sie einen Partner gefunden hat. Sie ist doch viel zu viel alleine. Allerdings hat sie mich noch gar nicht angerufen, um zu gratulieren.«

»Partner? Das kann doch nicht dein Ernst sein, von einer Partnerschaft zu reden. Stell dir vor, die beiden wollen noch zusammenziehen.«

»Auch das würde mich nicht schockieren. Es ist doch schön.« Viola ließ ihn nicht ausreden. »Du redest wie Victor. Du verstehst mich nicht. Gerade von dir hätte ich etwas anderes erwartet. Du kannst doch nicht gutheißen, dass Mutter mit einem ...« Sie brach ab. »Wir kennen den doch gar nicht, wissen nichts von ihm.«

»Das klingt nach vertauschten Rollen. Sie ist erwachsen, alt genug, um auf sich aufzupassen. Sie braucht dich nicht als Aufpasser und Anstandswauwau. Und jetzt lass uns den Abend genießen. Hätte ich das gewusst, dann hätte ich sie mit eingeladen.«

»Sie ist nicht da. Sie ist in Hamburg.«

Jetzt war er doch überrascht. »Deshalb hat sie nicht angerufen. Hab mich schon gewundert. Was macht sie denn in Hamburg? Und wie ...?«

»Frag nicht. Hat alles ihr Neuer organisiert. Das ist doch nicht normal. Was, wenn er ein Heiratsschwindler ist? Ich hab ihn mal durchleuchten lassen. Zumindest keine Einträge.«

Jetzt war Christof wirklich fassungslos. »Du solltest Mutter vertrauen und nicht hinter ihrem Rücken spionieren. Ich glaube ja nicht, dass du sie vorher um Erlaubnis gefragt hast.«

Zumindest hatte sie den Anstand zu erröten. Eine Antwort blieb aus. Sie nippte am Prosecco und schaute auf ihren Mann, der irgendetwas Geheimnisvolles mit dem Wirt aussheckte. Sie wechselte das Thema. »Warum bist du nicht unterwegs in Frankreich, sondern hängst hier noch rum?«

Er holte tief Luft. Schluckte den Ärger, den er über ihre Schnüffelei verspürte, hinunter. »Tja, lange Geschichte, die ganz harmlos anfing. Bis ich über die Leiche stolperte.«

»Was?« Der Inhalt des Glases schwappte über den Rand, als sie auf dem Stuhl einen Satz nach hinten machte, und vergaß, dass sie das Glas noch in ihrer Hand hielt. Er hatte ihre Aufmerksamkeit. Auch wenn sie als Tochter überreagierte, als Kommissarin war sie sachlich, scharfsinnig und kompetent. Ihr Verstand funktionierte. Sie stellte nur wenige Fragen, ließ ihn reden. Er kannte sie, zum Schluss würde sie die wichtigen Punkte aufgreifen, die noch unklar waren.

Der Kellner brachte einen Küchengruß. In kleinen Glasschälchen servierte der Koch zwei Portionen Gänsestopfleber an Aprikosen-Chutney auf Toast, und Viola freute sich über gratinierten Ziegenkäse an Maronen mit Orangenfilets.

Victor trank seinen Aperol-Spritz mit einem Schluck aus und schob das Glas zur Seite. Der Wirt stand bereits mit einer Flasche Weißwein neben ihm und goss einen Probierschluck ein.

»Mein Lieblingswein«, versicherte der Chef. »Ein Grauburgunder aus der Pfalz.« Victor probierte. Seine Mundwinkel wanderten nach oben und mit einem Kopfnicken bat er, nachzuschenken. Christof ließ sich ebenfalls einschenken, nur Viola schüttelte den Kopf. Sie nahm den ersten Bissen und ihr Gesicht hellte sich auf. Der verkniffene Zug um die Lippen verschwand, die Fältchen schienen milder.

»Gut.« Mehr sagte sie nicht und ihr Wort stand im krassen Gegensatz zu Victors Lobeshymne.

»Wunderbar. Dieses Zusammenspiel der Aromen. Da haben deine Bekannten nicht übertrieben. Ein fantastischer Koch.«

Viola war mit ihren Gedanken woanders. Sie pikste mit der kleinen Gabel ein Orangenstück auf und sagte:

»Und dieser Wappenschmidt meint, es ist ein Unfall gewesen. Wenn ich dich richtig verstehe, dann glaubst du das nicht.«

»Doch. Also es kann schon sein, das will ich gar nicht in Frage stellen. Aber trotzdem ist die Geschichte mit den Sohlen seltsam. Außerdem ärgert es mich, dass dieser Polizist so stur ist und mich noch nicht einmal anhört.«

»Dann kann man ja von Glück sagen, dass er dich nicht verhaftet hat.« Sie lachte. Das war wieder typisch seine Schwester.

»Dieser Einbruch, die Sache mit den Schlaftabletten. Alles Zufall? Das glaube ich nicht. Ich fühle mich verfolgt.«

Jetzt lachte sie. »Was möchtest du? Meine persönliche Meinung oder bittest du mich gerade durch die Blume, dass ich die Namen aller Beteiligten durch den Computer laufen lassen soll?«

Mit vollem Mund wiegte Christof leicht den Kopf. »Wenn du nette Männer in der Umgebung unserer Mutter überprüfen lässt ...«

Er ließ den Satz unvollendet und Viola lächelte. Dann legte sie plötzlich das Besteck zur Seite. »Ich hätte es beinahe vergessen. Wir haben eine Kleinigkeit für dich.« Sie blickte Victor auffordernd an. »Sollen wir?«

Das hieß, ihr Mann musste zum Auto gehen. Eigentlich waren die Rollen ganz gut verteilt, dachte Christof. Ihn würde seine Schwester wahnsinnig machen. Den ständigen »Tu doch mal«-Tonfall in ihrer Stimme würde er nicht mit so viel Gelassenheit wie Victor hinnehmen. Dieser stand auf und kam ein paar Minuten später mit einem Päckchen zurück. Es war liebevoll verpackt, mehrfarbiges Geschenkpapier mit bunten Schleifen verziert. Typisch seine Schwester. Ein Buch, schoss Christof durch den Kopf und wunderte sich. Vor ein paar Jahren hatten sie beschlossen, sich nur noch Kleinigkeiten zu Weihnachten zu schenken. Geburtstage, Ostern und andere Feste schlossen sie aus. Warum das jetzt? Christof las nicht gerne. Außer Fachzeitschriften, vorrangig Managermagazine, meist online, hatte er in den letzten Jahren nichts gelesen. Er vermisste auch nichts. Viola wusste das.

»Ich weiß, ich weiß«, entgegnete sie, als sie seinen Gesichtsausdruck sah. »Pack es erst einmal aus, bevor du dir eine Meinung bildest.«

»Wie du meinst.« Er nahm es in die Hand und staunte über das Gewicht.

»Oha«, entfuhr es ihm. Er versuchte die Kräuselbänder auseinander zu knoten, um etwas Zeit zu schinden. Natürlich gelang es nicht.

»Jetzt lass das doch und mach auf. Von mir aus kannst du es auch reißen.« Christof schob das über Kreuz gebundene Band über die Ecke und fing an, das Klebeband zu lösen.

»Christof, du machst mich wahnsinnig«, rief Viola ungeduldig. Victor sagte kein Wort, grinste nur und trank seinen Wein.

»Okay«, sagte Christof und riss das Papier auseinander. Es war tatsächlich ein Buch. Ein großes, dickes Buch. Ratlos schaute er darauf.

»Was sagst du? Ich habe gedacht, jetzt, da du so viel Zeit hast und vielleicht die letzten Jahre aufarbeiten musst, ist das eine gute Idee.«

Christof schaute seine Schwester entgeistert an. »Aufarbeiten? Ich hab doch kein Trauma. Ich versteh nicht ...«

»Lieber Bruder, du kannst dich selbst täuschen, aber nicht mich. Dafür kenne ich dich in- und auswendig. Die Geschichte mit Sabine, und dann, dass dich dein Arbeitgeber rausgeschmissen habt. Das alles kratzt ganz schön an deinem Selbstbewusstsein.«

»Die haben mich nicht rausgeschmissen. Ich habe einen Aufhebungsvertrag unterschrieben und eine ordentliche Abfindung bekommen.«

Die Erwiderung klang selbst in seinen Ohren hohl. Sich rechtfertigen war die schlechteste Verteidigung. Aber warum glaubte er, sich erklären zu müssen? Er war nicht angeklagt, er musste sich nicht von üblen Vorwürfen reinwaschen. Und doch sprach sein Unterbewusstsein eine ganz andere Sprache. Und wieder stellte er fest, dass seine Schwester ihn viel besser kannte als er sich selbst.

»Und was ist das? Was mache ich damit?«

»Das ist eine Art Tagebuch. Your Story. Dein persönliches Buch. Du schreibst alles auf, was du erlebst, denkst, fühlst. Jeden Tag. Fast eine Therapie.«

Sein erster Gedanke war, dass Viola anfing zu spinnen.

»Nimm es hin. Vielleicht findest du es in ein paar Tagen gar nicht mehr so blöd. Und wenn du dann in Frankreich unterwegs bist, vielleicht auf einem Stellplatz in die Weite des Landes oder an der wilden Küste ins Meer schaust, dann hast du Muße, über alles nachzudenken und eventuell auch aufzuschreiben.«

Er nahm einen großen Schluck Weißwein. Dann schaute er seine Schwester eindringlich an. »Danke. Ich weiß nicht, ob das was für mich ist. Aber ich freue mich, dass du dir so viele Gedanken über mich machst. Auch wenn sie gar nicht nötig sind. Die Frage ist auch, wann ich hier loskomme. Werner hat mich noch mit einer anderen Aufgabe betraut. Ich soll herausfinden, ob ihn seine Frau betrügt.«

Jetzt mischte sich Victor ein. »Du hast es drauf. Direkt einen neuen Job? Machst du jetzt einen auf Privatdetektiv? Deine Abfindung müsste reichen, dass du das erste Jahr nicht auf Einnahmen angewiesen bist. Coole Idee. Und mit dem familiären Hintergrund hast du alle Möglichkeiten.«

Viola unterbrach ihren Mann. »Spinnt ihr eigentlich? Wie darf ich den familiären Hintergrund verstehen? Ihr glaubt doch nicht, dass ich heimlich für meinen Bruder arbeite, der glaubt, er müsse nun einen Privatschnüffler spielen? Ich bin Kommissarin und kein Handlanger meines Bruders. Wenn du dir das erlauben kannst, Victor, ich riskiere nicht meinen Job.«

Christof sah sich genötigt, die Wogen zu glätten.

»Streitet euch nicht. Nein, ich habe nicht vor, als Privatdetektiv zu arbeiten. Ich habe eine solide Ausbildung und finde sicherlich einen gut bezahlten Job in einer anständigen Firma. Das ist nur ein Freundschaftsdienst. Mehr nicht. Und ich bin neugierig, was hier eigentlich passiert ist. Die Rätsel möchte ich lösen.«

Der Chef kam mit dem nächsten Gang. Es roch verführerisch nach Kürbis.

Christof begrüßte die Ablenkung, und obwohl er bereits satt war, verspürte er Appetit. »Lasst uns den Abend genießen und nicht über ungelegte Eier streiten. Mein Magen möchte Nachschub.«

ZWANZIG

Das Essen war vorzüglich gewesen. Ebenso die Weine. Und zum Abschluss gab es ein fantastisches Dessert! Noch immer schmeckte Christof die Vanilleeiscreme und die frische Pflaumengrütze auf der Zunge. Ingeborg hatte nicht zu viel von der Küche versprochen. Zwar drückte nun Christofs Bauch gegen den Hosenbund, weshalb er Violas Angebot, ihn zum Campingplatz zu fahren, dankend abgelehnt hatte. Er brauchte Bewegung.

Er beschloss, nicht den Waldweg zu nehmen, sondern entlang der Hauptstraße zu gehen. So schön der Abend auch war, es gab einiges, das er sich durch den Kopf gehen lassen musste. Seine Mutter hatte einen Freund. Seine Schwester glaubte, er habe etwas aufzuarbeiten. Und Victor sah in ihm in Zukunft einen Privatdetektiv. Der Gedanke reizte ihn am meisten. Eine Alternative, die er vorhin weit von sich geschoben hatte und die sich nun gar nicht mehr so verrückt anfühlte.

Viola kannte ihn gut. Als Geschwister waren sie sich immer nahe gewesen, trotz des Altersunterschieds von fünf Jahren und ihrer unterschiedlichen Charaktere. Vielleicht aber auch gerade deshalb.

Christof hatte Viola immer bewundert. Ihre gradlinige Art, die so wenig Platz für Schnörkel und Fantasie ließ. Er erinnerte sich, wie er mit ihr auf einer Wiese gelegen und in den Himmel gestarrt hatte. Während er Ungeheuer, Ritter in Rüstungen oder Ball spielende Hunde gesehen hatte, sah sie Wolken, maximal Wattebäusche. Sie hatte immer über seine Vorstellungskraft gelacht. Sah er auch jetzt zu viele Gespenster, Dinge, die gar nicht da waren? War alles so, wie Wappenschmidt sagte, und dass sich nichts Dramatisches hinter den Geschehnissen versteckte? Saschas Tod war ein Unfall. Für Ingeborgs Verhalten gab es rationale Erklärungen. Vielleicht half es ihm, wenn er wie früher im Job analytisch an die Probleme heranging. Versachlichen. Aufschreiben. Für und Wider notieren. Damit er seine Fantasie zügeln konnte. Oder suchte sein Unterbewusstsein Probleme woanders, um sich nicht mit der eigenen Situation zu befassen?

Die Nacht war klar und die Luft rein. Es tat gut. Unter dem rechten Arm hielt er das Buch. Er wusste nicht, was er davon halten sollte. Die Idee an sich klang nicht schlecht, aber war das etwas für ihn? Sicherlich meinte Viola es gut, und zumindest musste er nicht lesen. Aber ... Ein großes Aber mit vielen Ausreden.

Vielleicht hätte er doch Violas Angebot annehmen oder ein Taxi bestellen sollen. Das Buch wurde mit jedem Schritt schwerer und er wechselte den Arm. Andererseits hatte er sein Smartphone, mit dem er ein Taxi aus der Gegend rufen konnte. Wofür gab es Umgebungs-Apps? Er schaute zur Uhr: kurz vor halb zwölf. Er suchte in seiner Jackentasche, war irritiert, dass das Handy nicht da war, wo er es normalerweise verwahrte. Er durchsuchte mit seiner freien Hand alle Taschen und bemerkte den Fremden erst, als er zwei Schritte von ihm entfernt nach Feuer für seine Zigarette bat. Christof drehte sich um und blickte einem jungen Mann ins Gesicht, der mit einer Zigarette vor seiner Nase hin und her fuchtelte. Direkt hinter ihm stand ein zweiter Jugendlicher, ebenso mit Baseballkappe und Lederjacke bekleidet.

Christof kramte weiter nach seinem Handy und als er es endlich fand, hielt er es in der Jackentasche fest und zuckte entschuldigend die Schultern. »Sorry, bin Nichtraucher.«

Der Mann bewegte sich nicht, blieb einfach stehen und lächelte ihn süffisant an. »Schade auch.«

Der andere Jugendliche kam näher und Christof bemerkte aus den Augenwinkeln, dass er ein Bein nachzog.

Die Situation wirkte unwirklich. Christof nahm das Telefon aus der Tasche, drehte sich um, um endlich ein Taxi zu rufen.

Die beiden Fremden kamen einen weiteren Schritt auf ihn zu. Christofs Gehirn warnte: »Vorsicht, hier ist was faul«, doch bevor er die Meldung verarbeiten konnte, zog ihn jemand an der Schulter zurück.

Es ging blitzschnell. Der Schlag, der seine Nase treffen sollte, verfehlte das Ziel und erwischte sein Kinn. Reflexartig riss Christof die Arme hoch, um sich zu schützen, und das Buch, das er noch immer trug, traf den Angreifer. Christof sah nichts, doch sein Gegner brüllte auf.

Yep, dachte Christof, kampflos würde er sich nicht ergeben. Jemand schlug ihm das Buch aus der Hand und riss das Handy an sich.

Wieder wurde Christof von einem Schlag getroffen, dieses Mal mitten im Gesicht. Ein anderer traf ihn in die Rippen. Christof krümmte sich vor Schmerzen, ging zu Boden.

Als er erwachte, lag er auf dem asphaltierten Bürgersteig. Es war kalt. Feucht. Unangenehm. Er hatte

Kopfschmerzen. Mal wieder. Wie lange lag er hier? Er fror entsetzlich und versuchte aufzustehen. Ein stechender Schmerz hinderte ihn daran. Mit der linken Hand tastete er vorsichtig die Stelle links vom Bauchnabel ab. Er stöhnte auf. Hoffentlich war seine Milz nicht gerissen. Oder die Leber verletzt. Welche Organe gab es noch, die lebenswichtig waren? Waren die Nieren nicht etwas weiter hinten? Was aber, wenn die Schmerzen sich nicht an der verletzten Stelle befanden, sondern, ähnlich wie bei einer Blinddarmentzündung, sich woanders bemerkbar machten? Innere Blutungen: Wie stellte er das fest?

Erneut durchfuhr ein stechender Schmerz seinen Kopf. Sein rechtes Auge ließ sich nicht öffnen. Er brauchte Hilfe. Sofort. Automatisch griff seine Hand in die Innentasche seiner Jacke. Sie griff ins Leere. Da war nichts. Er fühlte in der anderen Tasche. Wieder nichts. Hektisch kramte er in der Hosentasche, wobei er sich verrenkte, um sein Körpergewicht nicht auf die Bauchmuskulatur zu verlagern und einen erneuten Schmerzschub zu provozieren. Sein Telefon war weg. Seine Brieftasche. Ebenso sein Geburtstagsgeschenk.

Mit zusammengekniffenen Augen stand er, den Schmerz ignorierend, auf, und versuchte sich zurechtzufinden. Es war dunkel. Keine Scheinwerfer vorbeifahrender Autos, kein Licht aus einem der angrenzenden Häuser erhellte die Straße. Hinzu kam die Stille. Es war beinahe gespenstig ruhig. Weder Autolärm noch Hundegebell oder Geräusche von nächtlichen Spaziergängern. Normal war das nicht.

Mit kleinen Schritten, vorsichtig einen Fuß nach dem anderen aufsetzend, tastete er die Umgebung ab. Vielleicht lag sein Handy nur ein paar Meter entfernt. Er suchte vergeblich. Ihm wurde schwindelig. Ein neuerlicher Schmerzschub. Dem Buch seines Lebens könnte er ein neues Kapitel hinzufügen. Überfallen in der Eifel. Doch das Buch war nun auch fort.

Er stöhnte auf und suchte weiter. Irgendwo mussten seine Sachen doch sein.

Hatten sich die Diebe tatsächlich mit dem Buch belastet? Die Schmerzen traten in immer kürzeren Abständen auf. Das Stechen in der Bauchgegend verschwand gar nicht mehr und ängstigte ihn. Trotz der Kälte sammelten sich Schweißperlen an der Schläfe.

Er blieb stehen, um Luft zu holen. Dabei hatte er keine Ahnung, ob er in die richtige Richtung lief. Sein Orientierungssinn pausierte.

Er brauchte Hilfe, dachte er erneut. Das nächste Auto würde er anhalten. Kaum gedacht, näherte sich ein Wagen. Christof hob die Arme, so wie es ihm möglich war, doch der Wagen fuhr vorbei, ohne Notiz von ihm zu nehmen.

Erneutes Motorengeräusch unterbrach seine Gedanken. Ein Auto näherte sich, verlangsamte die Geschwindigkeit. Bitte, lass es einen guten Menschen sein, schickte er mit geschlossenen Augen ein Stoßgebet zum Himmel. Er lehnte sich an eine Straßenlaterne, weil er glaubte, seine Beine trugen ihn nicht mehr. Er rutschte zu Boden und schaute, was passierte.

Jemand stieg aus dem Auto. Trotz der eingeschränkten Sehkraft nahm er eine Frau wahr. Er hörte eine Tür zuschlagen, Absätze auf dem Asphalt klappern.

»Christof, sind Sie das?«

Er öffnete das unverletzte Auge, drehte den Kopf und sah einen Mini. Eine blonde Frau kam auf ihn zu.

»Christof, was ist passiert? Was haben Sie jetzt schon wieder angestellt? Sie brauchen einen Arzt!«

Ein bekanntes Gesicht. Ein schönes Gesicht und der Duft nach Vanille. Kevins Schwester. Sabrina hatte ihn gefunden. Ein Wink des Schicksals.

»Wie schön, dass du mich gefunden hast. Das schönste Geburtstagsgeschenk«, flüsterte er, bevor er sich von ihr aufhelfen ließ. Sie war stärker als erwartet und mit ihrer Hilfe schaffte er es, sich auf den Beifahrersitz zu setzen.

»Ich bringe dich ins Krankenhaus. Du siehst schlimm aus.«

Er lächelte. Jemand, der sich um ihn sorgte. Es gab ihm ein gutes, ein heimeliges Gefühl.

EINUNDZWANZIG

»Gebrochen oder gerissen ist nichts, ein paar blaue Flecke. Schmerzhaft, aber nicht bedrohlich. Ich würde ihn gerne zur Beobachtung hier behalten, aber das hat schon beim letzten Mal nicht geklappt. Nehmen Sie ihn mit und pflegen Sie ihn, wenn er Sie lässt. Die Schmerzmittel halten noch eine Weile an. Wäre schön, wenn wir ihn so schnell nicht wiedersehen.«

Christof schaute den Arzt böse an. »Sie können auch mit mir reden. Ich bin anwesend.«

»Wünsch noch einen schönen Tag«, erwiderte der Mediziner und verließ mit einem Kopfnicken den Untersuchungsraum.

»Können Sie aufstehen? Haben Sie noch Schmerzen?«

»Natürlich kann ich aufstehen. Bringen Sie mich nach Hause?«

»In Ihr Wohnmobil, meinen Sie?«

Christof nickte. »Genau. Ich könnte ein paar Stunden Schlaf gebrauchen. War bis jetzt eine anstrengende Nacht.«

»Sie haben mir noch nicht erzählt, was passiert ist. Ich nehme an, Sie sind überfallen worden.«

Er nickte. »Mein Telefon, mein Geld und das Geburtstagsgeschenk meiner Schwester sind weg.«

Er erzählte von dem Abend. Dass er zu Fuß nach Hause gehen wollte und die Nachtluft genoss. Bis ihn jemand um Feuer bat und ihn niederschlug.

»Zum Glück kamen Sie vorbei. Was fahren Sie eigentlich um diese Uhrzeit durch die Gegend?«

»Ich muss mich Ihnen gegenüber nicht rechtfertigen. Aber wir hatten Mädelsabend. Dann wird es schon mal etwas später. Seien Sie doch froh, wer weiß, was sonst mit Ihnen passiert wäre.«

Er stand vorsichtig auf. Entgegen seiner Befürchtung tat nichts weh. Auch wenn der Arzt ein unangenehmer Zeitgenosse war, seinen beruflichen Fähigkeiten vertraute er. Es waren keine inneren Organe verletzt. Nur Hämatome. Das ging vorbei.

Sabrina bot ihm ihren Arm als Stütze an, was er glücklich annahm. Er roch so gerne den Duft ihres Haares. Sie kamen nur langsam voran. Immer wieder musste er stehenbleiben, um auszuruhen. Sabrina tat, als wäre es das Normalste der Welt. Sie erzählte von dem Abend mit ihren Freundinnen und ein paar Mal musste er laut lachen, was er sofort bereute. Lachen bedeutete Schmerzen.

Erst als sie am Auto angekommen waren, wurde sie wieder ernst. »Dann hast du ja jetzt weder Geld noch ein Telefon. Dein Handy und deine Bankkarten müssen gesperrt werden. Ich bin dir gerne behilflich. Du kannst mein Handy benutzen. Aber das solltest du sofort machen, damit niemand die Daten missbraucht.«

Ihm wurde abwechselnd heiß und kalt. Sie hatte recht. Soweit hatte er noch nicht gedacht.

»In meinem Wohnmobil habe ich alle nötigen Nummern. Das wäre wunderbar, wenn du mir behilflich wärst.«

Sie lachte. »Kein Problem. Ich fühle mich für Sie verantwortlich.«

Das passte ihm auch nicht. Hilflos zu sein und sich auf die Mildtätigkeit einer Frau zu verlassen, war nicht seins. Schon gar nicht, wenn sie ihm gefiel. Und Sabrina war hübsch. Und nett. Und irgendetwas an ihr machte ihm gute Laune. Es gab wenig Menschen, in deren Gegenwart er sich wohl fühlte.

Ohne extra darauf hinzuweisen, fuhr sie langsam und vorsichtig. Niemand sprach, aber die Stille war nicht unangenehm. Ganz im Gegenteil Christof genoss es und war fast enttäuscht, als sie am Wohnwagen ankamen.

»Kommst du mit rein?« Er hatte erst fragen wollen, ob sie einen Kaffee wollte, im gleichen Moment aber gedacht, dass das eventuell als Anmache gedeutet werden konnte.

Er war völlig verhaltensgestört im Umgang mit Frauen, stellte er mal wieder fest. Sabrina hingegen wirkte völlig unbefangen. Sie regelte alles für ihn. Er setzte sich auf die Bank und schaute ihr zu, wie sie seine Kredit- und EC-Karte sperrte. Ihr Ton war neutral, sie wirkte geschäftig und auf ihn ungeheuer attraktiv.

Mit ihr könnte er sich vorstellen, in die Bretagne zu fahren. Er sah sich auf dem Fahrersitz, und sie neben ihm. Sie schenkte ihm Kaffee aus einer Thermoskanne ein und reichte ihm die Tasse mit einem strahlenden Lächeln, wobei sie den Kopf zurückwarf und eine Duftwolke aus Vanille ihn umgab.

»Wird dir schwindelig? Du siehst aus, als wärst du nicht ganz hier. Ein wenig debil, wenn ich das so sagen darf.«

Ihre Stimme holte ihn zurück in die Realität. Vielleicht hatte er doch eine leichte Gehirnerschütterung davongetragen. Die Vorstellung, die ihm gerade ein seliges Lächeln ins Gesicht gezaubert hatte, war traumhaft schön, doch das konnte er unmöglich sagen.

»Ich denke, ich muss mich ausruhen. Tausend Dank. Was hätte ich ohne dich gemacht.«

Mehr Dankbarkeit konnte er nicht ausdrücken, ohne seine wahren Gefühle zu verraten. Sobald er die Worte ausgesprochen hatte, spürte er, wie sie sich zurückzog.

»Eine Selbstverständlichkeit. Gute Besserung. Und morgen Nachmittag hole ich dich ab und fahre mit dir zur Bank.«

Sie stand auf und verschwand aus dem Wohnmobil, ohne sich noch einmal umzuschauen. Er seufzte mehrfach. Er hätte gerne noch mehr Zeit mit ihr verbracht, einfach nur neben ihr auch die ganze Nacht. Aber das hatte er mal wieder ordentlich vergeigt. Abschließen konnte er nicht und auf eine andere Sicherung verzichtete er. Es gab sowieso nichts Wertvolles mehr in seinem Wohnwagen.

ZWEIUNDZWANZIG

Christof schaute zur Uhr. Elf. Fast Mittag. Vorsichtig stand er auf und zog sich seinen Jogginganzug an. Er brauchte eine bequeme Hose mit Gummizug, eine, die nirgendwo drückte oder einengte. Er blickte in den kleinen Spiegel über dem Waschbecken und erschrak. Das rechte Auge umgab ein lila marmorierter Farbkranz. Die komplette Gesichtshälfte war geschwollen. Mit leichtem Druck befühlte er die Wange, was er augenblicklich bereute. Seine Nase wirkte schief. Einen Schönheitswettbewerb würde er nicht gewinnen. Er grinste, auch wenn ihm nicht danach war. Mit diesem Aussehen hatte er gute Chancen als Kinderschreck in der Geisterbahn. Der Arzt hatte versichert, dass nichts gebrochen war. Das müsste er glauben und ein paar Tage warten, bis die Schwellungen und die Verfärbungen verschwunden waren. Dass Sabrina ernsthaft an ihm Interesse hatte, schloss er aus. Sie war einfach ein unfassbar netter Mensch.

Er öffnete die Tür, genoss den leichten Windzug, der sein Gesicht streifte und er atmete die Luft ein. Die Aussicht war wie jeden Morgen ein beruhigender Anblick und stand im krassen Gegensatz zu den Erlebnissen der letzten Tage, vor allem letzter Nacht. Wer erwartete rohe Gewalt in dieser Idylle? Es gab nur eine Erklärung: Jemand wollte ihn loswerden. Er war unbequem, stellte zu viele Fragen und steckte seine Nase in Dinge, die ihn nichts angingen. Er sollte aufgeben, alles hinschmeißen und endlich seinen Urlaub beginnen. Die Eifel sich selbst überlassen. Doch so richtig behagte ihm dieser Gedanke nicht. In ihm regte sich ein unbekanntes Gefühl. Widerstand. Die Lust zu kämpfen. Er wollte nicht hinnehmen, was ihm andere auferlegten. Zumindest wollte er wissen, warum das alles passierte. Er hatte das Rauskicken aus dem Job hingenommen – hinnehmen müssen –, aber hier würde er sich weigern. Er würde sich wehren und nicht vor dem geheimnisvollen Unbekannten klein beigeben.

Sein Blick fiel auf den Boden und er stutzte. Ein Frühstückstablett mit einem Croissant, eine kleine Thermoskanne und ein Zettel.

»Habe gehört, was passiert ist. Baldige Besserung. Ludmilla.«

Woher zum Teufel wusste Ludmilla, was ihm widerfahren war?, fragte er sich, bis ihm die Freundin im Krankenhaus einfiel. Die Welt war ein Dorf. Wenn es Ludmilla wusste, wussten es auch alle anderen. Er seufzte. Zumindest meinte es Ludmilla gut mit ihm. Und Sabrina stand ihm bei. Sein Charme verpuffte, aber auf Mitleid konnte er immer noch hoffen.

Er war fest entschlossen, herauszufinden, warum ihm das alles passierte. Er war kein Idiot, hatte seine fünf Sinne beisammen. Auch wenn es im Moment zu viele Fragen und Ungereimtheiten gab. Ingeborg Donner konnte eine Verbrecherin sein, vielleicht sogar der Kopf einer organisierten Verbrecherbande. Sascha hing da auch irgendwie mit drin. Eventuell sogar Kevin, obwohl er das nicht glaubte.

Der Gedanke von Kevin zu Sabrina lag nah. War sie unschuldig, wenn ihr Bruder etwas mit den Vorfällen zu tun hatte? War sie zufällig kurz nach dem Überfall an dieser Stelle vorbeigefahren? Oder hatte sie etwas gewusst und Mitleid mit ihm? Es fühlte sich an, als gefalle er ihr. Doch seinen Gefühlen konnte er nicht trauen. Er brauchte Gewissheit.

Pünktlich um fünfzehn Uhr klopfte es an seiner Tür. Sabrina sah umwerfend aus. Er hatte sie gebeten, dass sie ihn am Wohnmobil statt im Restaurant abholte. Er wollte vermeiden, dass sie von allen gesehen wurde.

»Du siehst besser aus als heute Nacht«, sagte sie und lächelte ihn an. »Ein bisschen zumindest«, fügte sie hinzu.

»Schön, dass mein Aussehen beinahe wieder stimmt. Der Rest braucht noch etwas. Alles tut weh, ich fühle mich uralt.« Sein Lächeln misslang. »Wir können los.«

Wider Erwarten trafen sie niemanden auf dem Weg zum Auto, auch wenn sie doppelt so lange als normalerweise brauchten. Sie bot ihm keinen Arm als Stütze an, doch sie hielt ihm die Beifahrertür auf und half beim Einsteigen in den kleinen Wagen. Verkehrte Welt. Seine Hilflosigkeit beschämte ihn und er biss die Zähne zusammen. Sabrina war eine gute Autofahrerin, das hatte er bereits in der Nacht bemerkt. Vorsichtig versuchte sie Schlaglöcher und andere Unebenheiten zu umfahren, was nicht immer gelang. Im Mini spürte er jede Bodenwelle, die ihm ins Kreuz schlug.

»Es war spät, beziehungsweise sehr früh, als du zu Hause warst, oder? Konntest du noch schlafen? Hast du eigentlich Urlaub?«, fiel ihm dann ein und das schlechte Gewissen meldete sich.

»Keine Sorge, ich habe tatsächlich Urlaub. Nächste Woche fliege ich auf die Kanaren, Sonne tanken.«

Und ich bin nächste Woche in Frankreich, dachte er. Wenn bis dahin alle Blessuren verheilt sind. Im Moment konnte er sich nicht vorstellen, stundenlang mit dem Wohnmobil durch die Gegend zu fahren. Sie fanden einen Parkplatz in der Bahnhofstraße, der breit genug war, dass er bequem aussteigen konnte. Er musste nicht lange warten, kam direkt an die Reihe. Nachdem er den Sachverhalt erklärt hatte, ohne zu sehr ins Detail zu gehen, bekam er Geld und die Mitarbeiterin beruhigte ihn, dass er jederzeit kommen könne, bis seine neue EC-Karte zur Verfügung stand.

»Ein gutes Gefühl, wieder Geld zu besitzen. Hoffentlich fangen die Diebe etwas Vernünftiges mit meiner geklauten Brieftasche an. Normalerweise habe ich nie mehr als dreißig Euro im Portemonnaie. Dass es jetzt mehr als zweihundert waren, lag an meinem Geburtstag. Ich war mir nicht sicher, ob ich bar zahlen musste.«

Sabrina nickte verständnisvoll. »Ich habe selten mehr als zwanzig Euro dabei. Wozu auch? Man kann fast überall mit Karte bezahlen. Mir fällt gerade ein, ich habe dir noch gar nicht gratuliert. War irgendwie noch nicht der passende Augenblick. Herzlichen Glückwunsch«, setzte sie hinzu.

»Danke. Das war definitiv mal ein anderer Feiertag.«

»Jetzt brauchst du noch ein Telefon, oder?«

»Ja, sonst kann man mich ja nicht erreichen.«

»Ich hätte da eine Idee. Wenn du nicht so viel ausgeben willst.«

»Klingt gut. Habe ich nichts gegen.«

»Dann lass dich sich überraschen. Wir müssen noch einmal fahren. Zwanzig Minuten, hältst du das aus?«

»Ich habe gerade nichts anderes vor«, erwiderte er. Es ging zurück auf die L11, die Serpentinen hinab. Christof konzentrierte sich, seine Muskeln anzuspannen, um die Schlaglöcher abzuwehren.

»Es tut mir leid, es ist nicht das perfekte Auto für die Verhältnisse und deinen Zustand«, sagte sie.

»Besser als Motorradfahren.« Er lächelte heroisch, fand sich ausgesprochen tapfer. Sabrina hielt sich akribisch an die Geschwindigkeitsbegrenzung. »Dieser Starenkasten ist immer an. Egal ob Tag oder Nacht. Hat mich schon ein paar Scheine gekostet.« Sie verzog spöttisch das Gesicht. »Obwohl ich es weiß. Manchmal ist man so in Gedanken, dass man die Gefahr trotzdem vergisst.«

Christof nickte. »Kenne ich.«

Er stöhnte auf, als Sabrina über einem Schlagloch auswich. »Wir haben es gleich geschafft«, besänftigte sie ihn. Sie hatte nicht übertrieben. Ein paar Minuten später parkte sie vor einem Wohnhaus.

»Hier gibt es Telefone?«

»Nicht für jeden«, erwiderte sie und lächelte ihn an. »Einer von Kevins alten Kontakten. Nicht kriminell« fügte sie hinzu, als sie sein Gesicht sah. »Na ja, vielleicht Grauzone.«

Ich frag nicht weiter, dachte Christof, als er eine Viertelstunde später das neueste Android-Handy in der Hand hielt. »Und jetzt Anzeige erstatten. Es ist Sprechstunde bei Herrn Wappenschmidt heute Nachmittag«, sagte er und dachte mit Schrecken an die Fahrt. Es gab kein zurück.

DREIUNDZWANZIG

»Herr Breuckmann. Sabrina. Was für eine Überraschung. Was kann ich für Sie tun?« Wappenschmidts Gesichtsausdruck sprach Bände. Begeisterung sah anders aus.

»Darf ich mich setzen?« Christof wartete keine Zustimmung ab, sondern zog den Stuhl ein Stück nach vorne und nahm Platz. »Haben Sie noch einmal genau über alles nachgedacht? Wenn Sie das nämlich tun, kommen Sie wie ich zu dem Schluss, dass Saschas Tod kein Unfall und die Einbrüche keine Zufälle sind. Hinzu kommt, dass mich gestern zwei maskierte Männer überfallen und mir mein Geld und mein Handy geklaut haben. Und auch das passt wunderbar ins Bild, wenn man sich die Mühe macht, das Ganze aus einem anderen Blickwinkel zu betrachten.«

Das Reden strengte ihn an. Atemlos schaute er, wie seine Erklärungen bei dem Polizisten ankamen.

Wappenschmidt sagte nichts. Stattdessen stand er auf und rückte in einem Metallregal ein paar Aktenordner zurecht. Mitten in der Bewegung hielt er inne und schaute zu Boden, als läge dort die Antwort auf alle Fragen. Einen Moment verharrte er in dieser Haltung, bis er schließlich tief einatmete und sich mit Schwung umdrehte.

»Herr Breuckmann. Es reicht.« Seine Stimme klang schneidend. »Nehmen Sie endlich zur Kenntnis, dass wir unsere Arbeit machen und ermitteln. Hier wird nichts vertuscht, wie Sie mir zum wiederholten Mal unterstellen. Es tut mir leid, dass Sie erneut Opfer eines Übergriffs wurden, aber machen Sie sich mal ein paar Gedanken, ob Sie wirklich ganz schuldlos an dieser Situation sind. Man ist nicht zufällig Opfer. Nicht zweimal hintereinander. Eine unbewusste Körpersprache, die sagt: Ich bin ein Opfer und ziehe somit einen bestimmten Menschentypus an. So wie das Licht die Motten.«

Christof sah ihn ungläubig an. Er wollte etwas erwidern, öffnete den Mund und schloss ihn wieder. Kein Wort brachte er heraus. Was für eine Unverschämtheit.

Er spürte Sabrinas Hand auf seinem Oberschenkel. Er suchte noch nach Worten, als Wappenschmidt die nächsten Maßregelungen von sich gab.

»Und jetzt möchte ich Sie wirklich bitten, diese ganze unleidliche Geschichte in Ruhe zu lassen. Die Anzeige wegen des Überfalls nehme ich auf. Wir gehen dem nach. Alles andere ist Zufall. Lassen Sie es gut sein.«

Er starrte Christof in die Augen, als wolle er ihn hypnotisieren. »Ruhen Sie sich aus. Sie haben sich zweimal innerhalb kürzester Zeit eine Kopfverletzung eingefangen. Da kann man mal überreagieren. Nehmen Sie die Ärzte ernst. Nicht, dass noch Langzeitschäden auftreten.«

Christof stand auf, immer noch unfähig etwas zu erwidern und schritt langsam zum Ausgang. Sabrina ging auf den Polizisten zu. »Herr Wappenschmidt, Sie irren sich ...« Sie brach ab, als sie in das Gesicht des Beamten blickte. Es machte keinen Sinn. Sie schaute ihn bittend an, als sie erneut einen Versuch wagte. »Sie müssen ihn ernst nehmen.« Dann eilte sie Christof hinterher, fasste ihn am Arm und flüsterte: »Du darfst nicht locker lassen.«

In ihm brodelte es. Wappenschmidt hatte Zweifel gesät. Was, fragte sein Unterbewusstsein, wenn Wappenschmidt recht hatte?

Sabrina fuhr ihn zum Campingplatz und er sprach kein Wort. Sabrina hingegen redete ohne Punkt und Komma. »Das darfst du nicht hinnehmen. Du musst dich wehren.«

Sie hielt auf dem Parkplatz, stellte den Motor ab und sah ihn erwartungsvoll an.

Christof spürte ihren Blick, ihre unausgesprochene Aufforderung. »Sei mir nicht böse, danke für alles, aber ich muss jetzt alleine sein.«

Sie ließ ihn aussteigen und fuhr, ohne Tschüss zu sagen, los.

Christof schlich zu seinem Wohnwagen. Er wollte niemanden sehen, er musste in Ruhe nachdenken. Sein Kopf dröhnte, sein Körper wog Tonnen und diese bleierne Müdigkeit nahm wieder Besitz von ihm. Er legte sich auf das Bett, schloss die Augen und schlief im selben Moment ein.

Sascha kam auf ihn zu. Er trug Jeans, einen Pullover und dazu die weißen Turnschuhe, die nicht den Boden zu berühren schienen. Er schwebte auf ihn zu, immer schneller werdend. Christof wollte ausweichen, doch sein Körper gehorchte ihm nicht. Sascha lachte ihn an, überheblich und arrogant, so wie er ihn in der Kneipe angegrinst hatte. Doch je näher er kam, umso mehr verschwand der arrogante Zug und machte einem flehenden Blick Platz. Kurz bevor er Christof umzustoßen drohte, fiel er hin. Irgendetwas hatte ihn zu Boden gerissen. Christof konnte nicht erkennen, wer oder was es war. Er wollte sich neben ihn knien, aber sein Körper verweigerte noch immer den Dienst.

Als er herabblickte, lag nicht Sascha vor ihm, sondern Sabines Freund und sah ihn mit toten Augen an.

Schweißgebadet wachte Christof auf. Er griff seine Wasserflasche und trank sie halb leer. Sein Herz raste, sein Puls pochte lautstark. So ging es nicht weiter, er brauchte Antworten, musste herausfinden, wer hinter den Überfällen steckte. Und hinter dem Mord. Denn davon war er seit dem Traum überzeugt. Sascha wollte ihm mitteilen, dass er ermordet worden war.

Christof sehnte sich nach jemandem, mit dem er darüber reden konnte. Wie illusorisch. Würde er von seinem Traum erzählen, würden tatsächlich alle glauben, dass die Kopfverletzungen irreparablen Schaden angerichtet hatten.

Warum nur schlossen alle anderen beharrlich einen Zusammenhang aus? Obwohl das nicht ganz stimmte. Sabrina glaubte ihm und auch Kevin war nicht abgeneigt, seine Überlegungen zu unterstützen.

Auch wenn Kevin nicht über den Weg zu trauen war. Er dachte an das neue Handy und schüttelte den Kopf.

Was hatte Ingeborg mit all dem zu schaffen? Wie passte sie hinein? Werner war auch keine Hilfe. Der hatte solch eine Angst, dass seine Frau ihn verlassen wollte, dass in seinem Kopf für nichts anderes Platz war.

Für Christof hingegen klang alles logisch und klar. Er ging davon aus, dass Sascha nicht auf den glitschigen Baumstämmen am Ufer der Rur ausgerutscht war, sondern dorthin gelegt worden war. Nachträglich zog ihm der Täter die Turnschuhe an, nicht daran denkend, dass die noch nie getragen worden waren und somit nicht als Ursache in Frage kamen. Es war kein Hexenwerk, ein paar Haare an die Holzbohlen zu legen, um einen Unfall vorzutäuschen. Eine vernünftige Obduktion würde sicherlich die richtige Todesursache feststellen. Aber wie sollte das passieren, wenn außer ihm keiner an eine Fremdschuld glaubte? Kein Staatsanwalt würde unter diesen Umständen eine Autopsie bewilligen.

Der Einbruch auf dem Campingplatz war ebenfalls sehr merkwürdig. Als Ergebnis fehlte nun sein Laptop, an den anderen Wohnwagen und Wohnmobilen gab es keine Einbruchspuren, bis auf Jupps gestohlene Schnapsflasche. Aber das hielt Christof für eine Lüge, um in den Genuss von kostenlosem Nachschub zu kommen. Der Plan hatte ja auch funktioniert.

Alles andere roch nach Ablenkungsmanöver. Wer wurde kurz nach Saschas Tod überfallen? Wem klaute man sein Handy? Es lief alles darauf hinaus, dass ihm, Christof Maria Breuckmann, jemand nicht wohlgesonnen war, um es freundlich zu formulieren. Dass man ihn loswerden wollte und vor allem, dass man die Fotos haben wollte, die er von dem Tatort gemacht hatte. Der Täter konnte ja nicht ahnen, dass Christof sie bereits seiner Schwester per E-Mail geschickt hatte. Dass seine Schwester ihn nicht ernst nahm, stand auf einem anderen Blatt.

Zumindest in der Sache Ingeborg war er ein Stück vorangekommen. Er schaute zur Uhr. In einer Stunde wollte sie ihn in Nideggen treffen. Warum, hatte sie nicht gesagt, nur dass es wichtig sei. Er stand auf und machte sich in seinem Minibadezimmer frisch. Eine Schmerztablette – er vergewisserte sich, dass sie richtig war –, damit er durchhielt und die Fahrt mit dem Moped überstand. Den Fotoapparat nahm er sicherheitshalber mit. Offiziell wollte er immer noch Vögel beobachten und fotografieren. Wider Erwarten tat ihm die Fahrt gut. Den Schlaglöchern konnte er ausweichen und es war lange nicht so anstrengend wie die Fahrt in Sabrinas Mini.

Er war zu früh, parkte wie immer unterhalb der Burg und ging noch etwas spazieren. Durch das Stadttor, an den schmalen, angelegten Beeten entlang. Er sah hinunter ins Tal und holte tief Luft. Ein Jahr älter, ein neues Lebensjahr begann. Er würde einiges ändern. Sobald er sich auf den Weg machte, er diesem Wahnsinn entfliehen konnte, würde alles besser werden.

Mit diesem guten Vorsatz drehte er sich um und stutzte. Das war Wappenschmidt. Inkognito, nicht in Uniform, sondern in Jeans, Lederjacke und Wollmütze. Auf den ersten Blick war er kaum zu erkennen. Was machte er da? Zwei Jugendliche kamen auf ihn zu. Einer von ihnen zog ein Bein nach. Christof glaubte seinen Augen nicht zu trauen.

Das konnte nicht sein. Oder doch? Wappenschmidt und die Jugendlichen unterhielten sich wild gestikulierend. Auch wenn er kein Wort verstand, war es offensichtlich, dass sie unterschiedlicher Meinung waren. Christof nahm den Fotoapparat in die Hand und schoss ein paar Fotos. Die beiden jungen Männer reichten dem Polizisten ein Päckchen. Bevor dieser es einsteckte, vergewisserte er sich, dass ihn niemand beobachtete. Christof trat ein Schritt zurück, um weiter in Deckung zu bleiben. Nachdem Wappenschmidt das Päckchen in seiner Lederjacke verschwinden ließ, verabschiedeten sich die drei voneinander.

Christof erstarrte. Er war sich sicher, dass das die Jugendlichen waren, die ihn überfallen hatten. Zwar hatte er ihre Stimmen nicht hören können, doch der hinkende Mann war für ihn Beweis genug. Wie wahrscheinlich war es, dass es zweiter Mann in dem Alter sein linkes Bein nachzog? Die Statur war identisch, auch die Bewegungen. Und das ließ nur den Schluss zu, dass Wappenschmidt hinter dem Überfall steckte. Ob in dem Päckchen Christofs Sachen waren, die sie ihm abgenommen hatten?

VIERUNDZWANZIG

Ingeborg wartete bereits. Nervös trat sie von einem Fuß auf den anderen und schaute immer wieder ungeduldig auf die Armbanduhr. Sie hob den Arm, als sie Christof erblickte. Er beschleunigte seine Schritte, so gut es mit seinem schmerzenden Körper ging.

»Kommen Sie«, begrüßte sie ihn. »Ich muss Ihnen etwas zeigen. Der Kaffee kann warten.«

»Aber wir wollten doch ...« Statt einer Antwort ging sie zu ihrem Auto. Ihm blieb nichts anderes übrig, als zu folgen. Er nahm auf dem Beifahrersitz Platz und schaute sie fragend an. Sie ignorierte den Blick und fuhr los.

Was soll's, dachte er. Es lief sowieso alles anders als geplant. »Sie hätten mich ja auch vom Campingplatz mitnehmen können. Dann hätte ich nicht bei der Kälte mit der Quickly fahren müssen.«

Er hatte nicht erwartet, dass sie lachen würde.

»Ich dachte, es macht Ihnen Spaß, das alte Ding zu fahren.«

»Geht so.« Mehr sagte er nicht. Sie fuhren in Richtung Kreuzau. Die Sonne kämpfte sich durch die Wolken und tauchte die Umgebung in ein weiches Licht. Es war schön hier. So friedlich und idyllisch. Dann fasste er an seinen Kopf und verzog das Gesicht vor Schmerz.

»Es ist nicht weit. In zehn Minuten sind wir da.«

»Wohin entführen Sie mich?« Christof lachte, Ingeborg verzog wieder keine Miene und blieb stumm. Erst jetzt fiel ihm auf, dass das Radio aus war. Er wagte nicht, es anzustellen und schaute weiterhin aus dem Fenster. Plötzlich begann Ingeborg mit ernster Stimme zu reden. »Ich habe Werner vor fünfundvierzig Jahren kennengelernt. Auf einem Fest. Ich weiß nicht mehr, was es für eins war. Aber ich weiß noch, dass ich beim ersten Blick auf ihn wusste, dass ich ihn haben wollte.« Starr blickte sie auf die Straße.

Ihm fiel keine Erwiderung ein.

»Ich trug ein rotes Kleid mit einem weiten Ausschnitt. Auf Figur geschnitten. Meine Mutter hatte fürchterlich mit mir geschimpft. Das sei kein Kleid für eine Dame, hatte sie gesagt. Aber es stand mir. Ich sah atemberaubend aus, eine Frau von Welt. Zumindest so, wie ich sie mir vorstellte. Und die Eifler auch. Ich mochte es, wenn ich alle Blicke auf mir spürte, sobald ich einen Raum oder ein Festzelt betrat. Ich konnte mich nicht vor Blicken retten. Aber niemand wagte, mich anzusprechen. Sie tranken Bier und Schnäpse, die Blicke wurden unverschämter, das Tuscheln lauter. Werner war anders. Er ließ sich nicht einschüchtern. Von nichts und niemandem. Er kam direkt auf mich zu und bat um den ersten Tanz. Auch ohne Alkohol. Das hat mir imponiert.«

Christof war sich immer noch nicht sicher, ob eine Bemerkung von ihm gewünscht war. Er blieb stumm und versuchte stattdessen, sie sich in diesem roten Kleid vorzustellen. Es war schwierig. Sie bogen in einen Feldweg ein, für Christofs Geschmack hatten sie etwas zu viel Tempo. Krampfhaft hielt er sich am Halteriemen fest und wollte gerade fragen, ob sie ein Problem habe, als sie »aufpassen« schrie.

»Was ist das denn los?«

»Die Bremsen«, keuchte sie und versuchte das Auto unter Kontrolle zu halten. Der Wagen nahm weiter an Fahrt auf statt langsamer zu werden. Das Rumpeln auf dem Feldweg war für Christofs geschundenen Körper eine Tortur. Hochkonzentriert hielt Ingeborg das Lenkrad fest. Es ging leicht bergan, die nächste Kurve kam. Christof hielt den Atem vor Schmerzen und Angst an. Hinter der Kurve lag ein Anstieg, Ingeborg setzte den Wagen quer in das Feld und würgte den Motor ab. Einen Moment blieb es ganz still. Christof wusste nicht, was er erwartet hatte, aber sicher nicht diesen Satz.

»Wir sind da«, sagte Ingeborg etwas kurzatmig.

Christof schaute sie entgeistert an. »Sind sie verletzt? Geht es Ihnen gut?«

Sie öffnete die Tür und stieg aus. Vorsichtig löste Christof den Gurt und versuchte ebenfalls auszusteigen. Es gelang ihm nur halb so elegant wie Ingeborg.

»Was war das?«, fragte er. Hockend schaute sie unter das Auto. Flüssigkeit tropfte auf den Boden. Mit dem Zeigefinger nahm sie etwas davon auf, roch daran. »Bremsflüssigkeit. Da hat sich jemand dran zu schaffen gemacht.«

»Ich dachte, nur ich bin jemandem im Weg«, sagte Christof.

»Dann galt das Ihnen?«, fragte Ingeborg und ging zum Kofferraum. Sie nahm ein Paar Gummistiefel und tauschte sie gegen ihre Pumps. »Ein Paar hab ich noch.« Er schüttelte den Kopf. »Wie können Sie nur so unbeteiligt wirken? Jemand hat Ihre Bremsen manipuliert. Und Sie stehen hier und bieten mir Gummistiefel an?«

»Ja. Es ist ja nichts passiert. Aber, wie Sie wollen. Folgen Sie mir.« Sie ging einige Meter und blieb auf einem Hügel stehen. Christof eilte neugierig hinterher.

Ingeborg breitete die Arme aus. »Schauen Sie, Christof. Das alles gehört meinem Werner.« Sie sah dabei nicht glücklich aus. »Ich dachte, dass ich einen reichen Mann geangelt hätte. Und dass, wenn wir die Ländereien verkaufen, genug Geld hätten, um woanders neu anzufangen. Auch Werner sprach immer davon, weit weg von hier zu leben, dem Mief der Eifel zu entfliehen. Aber im Laufe der Jahre stellte ich dann fest, dass es unterschiedliche Dinge sind, von etwas zu träumen oder diese Träume in die Realität umzusetzen. Werner ist mit seiner Heimat verwachsen. Er würde niemals das Land verkaufen. Das wurde mir erst später klar, nachdem ich viele Jahre gehofft hatte. Ich hingegen bin nicht hier geboren, fühle mich der Landschaft nicht verbunden. Ich bin nur eine Zugezogene. Und dann entstand der Plan.«

»Was für ein Plan?« Christof war gespannt, was Ingeborg ihm beichten wollte und hoffte endlich zu verstehen.

»Angefangen hat alles mit einem Film. Er war lustig. Eine Witwe erfährt nach dem Tod ihres Mannes, dass er sie hintergangen hatte. Dass das ganze Geld futsch war. Sie musste sich etwas einfallen lassen. Sie liebte ihren Garten und Blumen, und beschloss, mit einem Kleinganoven eine Hanfplantage anzubauen und das ganz große Geld zu machen. So weit so gut. Als ich ein Gespräch zwischen Kevin und Sascha belauschte, fiel mir dieses Land und die Scheunen ein. Dass man dort ein wunderbares Treibhaus aufbauen könnte. Hierhin verirrt sich niemand. Selbst Werner ist hier nie. Es reicht ihm, es zu besitzen. Die Lage ist ideal.«

Christof dämmerte es langsam.

»Sascha war mal wieder zu Hause rausgeflogen, ich habe ihm einen alten Wohnwagen zur Verfügung gestellt. Und dann habe ich ihm von Werners Ländereien erzählt. Er hat ein bisschen gebraucht, bis er mich richtig verstanden hat, doch dann haben wir die halbe Nacht geplant.«

Christof war sich nicht sicher, ob er auch richtig verstand. »Sie haben einen grünen Daumen?«, fragte er in der Hoffnung, die ganze Geschichte zu erfahren.

»Ja. Es gibt keine Pflanzen, die nicht unter meiner Pflege gedeihen. Selbst verdorrte, dem Tod geweihte Gewächse kriege ich wieder hin. Meine Pflanzen gedeihen alle gut. Deshalb schien der Plan auch wasserdicht. Es konnte nichts schief gehen. Ich hätte die Vorfinanzierung übernommen. Sascha wusste, welche Pflanzen am geeignetsten sind. Er wusste, wo ich sie bekomme. Die niederländische Grenze ist nicht weit. Er kannte sich mit der Elektrik und den Wärme- und Sonnenlampen aus, damit die Gewächse richtig gedeihen können. Alles war fertig und mein Traum schien in greifbarer Nähe. Es ließ mich den Campingplatz und die Gaststätte ertragen. Ein Ende schien nah. Ich wollte nach New York.«

»Aber dann ...?«

»Sascha veränderte sich, war fahrig und nervös, wenn wir sprachen. Er kam nicht mehr in mein Bistro. Ging mir aus dem Weg. So kam es mir zumindest vor.«

»Hatten Sie ihm Geld gegeben? Glaubten Sie, er habe Sie betrogen und das Geld für anderes ausgegeben?«

»Kommen Sie«, sagte sie statt einer Antwort. Sie gingen auf die Scheune zu. Christof versank im feuchten Gras bis zu den Fesseln. Augenblicklich waren seine Socken nass. Bei jedem Schritt rutschte er in den Schuhen und gab Geräusche von sich. Schätzungsweise noch dreihundert Meter, machte er sich Mut.

»Er hat alles gekauft und hierher gebracht. Ich weiß nicht, wie er es geschafft hat. Er hat immer verneint, dass ihm jemand geholfen hatte. Sein Traum war nach Kanada auszuwandern. Sascha glaubte, mit mir einen Ausweg gefunden zu haben, um an das nötige Geld zu kommen. Aber irgendetwas ist passiert. Er hatte offensichtlich Angst und ich weiß nicht, warum.«
Christof verschlug es die Sprache, als er die riesigen Scheunen sah.

»Es liegt, soweit ich sehe, alles bereit, um hier mit dem Anpflanzen zu beginnen«, sagte Ingeborg. »An dem Wochenende als ich mit meiner Freundin in Amsterdam war, wollten wir uns in dort im Stadtzentrum treffen. Sascha sagte, er habe einen Termin mit einem potentiellen Großabnehmer arrangiert. Ich habe gewartet, aber Sascha kam nicht. Ein Fremder sprach mich an, und sagte, ich solle Grüße bestellen. Es war skurril. Sascha ist gar nicht losgefahren, sonst hätte er sich ja nicht mit Ihnen prügeln können. Sascha war kein aggressiver Zeitgenosse. Irgendetwas hat ihn aus der Bahn geworfen. Vielleicht hatte ihm der Abnehmer ein Treffen in der Eifel vorgeschlagen. Vielleicht verlief das alles nicht so, wie sich Sascha es vorgestellt hat. Viel zu viele Vielleichts. Ich kann nur vermuten. Aber dann kam dieser Anruf von dem Holländer. Er hatte mich ausfindig gemacht und uns in Nideggen an der Bushaltestelle verabredet. Ich habe ihm das hier gezeigt.

Er hat gelacht. Sagte, dass die Sache zu heiß wäre, seit Saschas Tod. Sie haben ihn kennengelernt. Er kam noch auf den Campingplatz. Ich habe mir das mit der Werbung für Werner ausgedacht.«

Christof erinnerte sich. »Das heißt aber auch, er hat nichts mit Saschas Unfall zu tun.«

»Nein, ganz bestimmt nicht. Auch nicht mit der Ratte. Und ganz sicher nicht mit dem Wagen. Ich fahre ihn selten. Wenn ich einkaufen muss, nehme ich meist Werners.«

»Wann sind Sie ihn das letzte Mal gefahren? Und was ist das für eine Geschichte mit der Ratte?«, fragte Christof.

Ingeborg erzählte von dem toten Tier, das vor der Tür gelegen hatte. »Ich nehme an, das war Saschas Mörder. Genau wie die Manipulation des Wagens. Bevor ich zum Wellnesswochenende aufgebrochen bin, habe ich ihn das letzte Mal genutzt. Seitdem steht er auf dem Parkplatz, wo jeder rankommt. Jemand will mir drohen und mir Angst machen. Es klappt, ich fürchte mich. Aber ich habe keine Ahnung, vor wem.« Sie seufzte laut. »Tja, und nun sind alle Träume hinfällig. Für Sascha auf jeden Fall. Ich fühle mich schuldig an seinem Tod. Christof, finden Sie heraus, warum Sascha nicht nach Amsterdam kam. Was mit ihm passiert ist. Ich brauche Gewissheit. Auch, um seinen Eltern wieder in die Augen zu schauen.«

Sein zweiter Auftrag als Privatdetektiv, dachte Christof. Wenn es nicht so tragisch wäre, könnte er sich freuen. Eine Job-Alternative, die er nicht aus den Augen verlieren sollte. »Ich bin sowieso an der Sache dran, ich glaube ja nicht an einen Unfall, das wissen Sie.«

»Ich bin überzeugt, Sie haben recht. Bin gespannt, was Werner von allem hält.«

»Er glaubt, Sie haben einen Geliebten.«

Ingeborg schaute Christof ungläubig an. Sie setzte zu einer Erwiderung an, unterließ es jedoch. Und dann lachte sie. Erst verschämt die Hand vor den Mund haltend, den Drang loszuprusten unterdrückend, bis sie schließlich dem Lachanfall nachgab. Genauso abrupt, wie sie begonnen hatte, hörte sie auf. »Er glaubt, ich habe einen Geliebten? Er ist ein Idiot.«

»Er liebt sie.«

»Aber er hat mich nie verstanden. Ich gehe auf jeden Fall. Vielleicht nicht nach Amerika. München ist auch eine Alternative.«

»Haben Sie mit Werner mal geredet? Dass Sie sich hier nicht wohlfühlen?«

Sie schüttelte den Kopf. »Was soll das bringen? Das ist sinnlos. Ich hätte es vor Jahren machen sollen. Jetzt ist es zu spät.«

Sie hatten das Scheunentor erreicht und traten ein. Wände und Decke waren mit Platten zugenagelt. Der Schober war im Prinzip ein riesiges Treibhaus, das von außen nicht zu erkennen war. Christof sah eine Bewässerungs- und Lichtanlage. Pflanztische standen in Reihen.

»Sascha war völlig aus dem Häuschen, als er die Scheune sah und verstand sofort die Möglichkeiten, die sich hier boten. Ein Brunnen befindet sich hinter dem Gebäude und ein Generator sorgt für Strom. Er hat mit Elan begonnen zu bauen. Er hatte alles aufgeschrieben, natürlich in Kürzeln. Die Zettel habe ich alle vernichtet.«

»Ich habe sie aus der Abfalltonne herausgefischt. Konnte mit den Abkürzungen nichts anfangen. NDL –

Google hat mich zur Niederrheinischen Dartliga geführt.«

»Sie haben zumindest keine Angst, sich die Finger schmutzig zu machen. Respekt. Und NDL ist die Abkürzung für Natriumdampflampen. Sie sind bestens geeignet für den Anbau von Hanfplantagen. Für die Blütephase benötigt man ein gelb-rotes und für den Wuchs ein blaues Farbspektrum.«

Christof nickte. »Was haben Sie nun vor?«, fragte er. Und dann fiel ihm noch etwas anderes ein. »Haben Sie der Polizei hiervon erzählt? Diesem Wappenschmidt?«

Sie zögerte mit einer Antwort. »Nein, mich hat auch keiner gefragt. Aber jetzt sind all diese Dinge hier. Was mache ich? Kann ich die Wahrheit sagen? Ich befinde mich in einer Zwickmühle. Bis jetzt ist ja noch kein Verbrechen passiert, nicht wahr? Kann man Träume und Wünsche bestrafen?«

Nur, wenn sie nichts mit dem Tod zu tun haben. Doch den Gedanken behielt er für sich. »Sie können erzählen, Sie wollen etwas anderes anpflanzen. Wie wäre es mit Tulpen, Geranien oder Rosen?« Seine Kenntnisse der Blumenwelt waren begrenzt und beschränkten sich auf die drei Arten.

»Warum nicht gleich Kakteen?«, spottete Ingeborg und blickte skeptisch. »Aber Sie haben recht, ich sollte es für anderes nutzen. Aber die Konkurrenz ist groß. Es müsste etwas Einmaliges, etwas Außergewöhnliches sein. Das ist ein Problem. Es gibt nichts, was es nicht schon gibt. Ich werde versuchen, die Ausstattung zu verkaufen. Vielleicht gibt mir jemand noch etwas Geld dafür. Alleine eine Hanfplantage zu betreiben ist mir zu schwierig. Ich bräuchte einen Partner, der mich unterstützt. Sie haben doch gerade keinen festen Job. Wär das nichts?«

Erst glaubte er, sich verhört zu haben oder dass die Frage ein Scherz sei. Doch ihr Gesichtsausdruck blieb ernst und sachlich. Heftig schüttelte er den Kopf. »Nein, damit will ich nichts zu tun haben.«

»Mit Geld ist man auch für das andere Geschlecht interessanter. Aber ich verstehe schon. Ihnen fehlt der Mut, auch mal ungewöhnliche Wege zu gehen.« Sie stemmte die Hände in die Hüfte. »Ich ruf Ludmilla an, die uns abholt. Den Wagen lassen wir hier stehen, darum kümmere ich mich später. Ich will nicht noch mehr Staub aufwirbeln.«

Christof wusste nicht, was ihn mehr schockierte: die fehlenden Skrupel und das nicht vorhandene Schuldbewusstsein Ingeborgs oder dass er — wenn auch nur für winzige drei Sekunden — ernsthaft darüber nachgedacht hatte, das Angebot anzunehmen.

Darüber sinnierte er nach, als er auf der Rücksitzbank des alten Landrovers saß, und Ludmillas Redeschwall über sich ergehen ließ.

FÜNFUNDZWANZIG

Die Sonne schien durch das Fenster direkt auf das Foto an der Wand und umrahmte den blonden Lockenkopf wie ein Heiligenschein. Sekundenlang starrte Wappenschmidt darauf. Wie immer überfiel ihn eine unsagbare Traurigkeit, wenn er das Bild betrachtete. Seine Enkelin wäre jetzt fünfzehn Jahre alt. Er stellte sich vor, wie sie jetzt aussähe. Sicherlich trüge sie ihre Haare länger, vielleicht zum Pferdeschwanz gebunden. Sie mochte Tiere. Im Tierheim wäre sie bestimmt gut aufgehoben, ehrenamtlich mit Hunden Gassi gehen oder Katzen zu versorgen. Oder reiten. Alle fünfzehnjährigen Mädchen liebten Pferde. Er würde ihr ein Pferd kaufen, zumindest aber für eine Reitbeteiligung sorgen. Vielleicht hätte sie ihren ersten Freund. Die erste große Liebe. Selbstredend würde er ihn auf Herz und Nieren überprüfen, bevor sie sich ins Unglück stürzte.

Er wollte sie immer nur beschützen. Bis zum achten Oktober war ihm das auch geglückt. Dieser Mittwoch würde sich bis ans Ende seines Lebens in sein Gedächtnis einbrennen. Er wusste heute noch, was er zum Frühstück gegessen hatte. Jedes Wort des Telefonats mit seiner Tochter und Lisa konnte er wiederholen. Jede Pause, jedes Lachen. Dass sie ihm einen schönen Tag gewünscht hatte, er solle auf sich aufpassen.

»Bis heute Mittag, Opa!« Ihre Stimme hallte in seinem Kopf und machte ihm den Verlust des Liebsten, was er je besessen hatte, immer wieder aufs Neue bewusst. Er schloss die Augen und hielt sich mit den Händen die Ohren zu. Trotzdem ließen sich die Erinnerungen nicht verdrängen.

Ein goldener Oktobertag. Ein schöner Tag, wie aus dem Bilderbuch. Nichts deutete auf ein Unglück hin. Es gab keine schwarze Katze von links, er war weder unter einer Leiter durchgelaufen, noch hatte er einen Spiegel zerbrochen. Bis zu diesem Mittwochnachmittag, als er aufgehalten wurde, weil eine Kuh ausgebüxt war.

Er hatte dem Bauern Schneider geholfen, das Tier einzufangen. Er, Rudi Wappenschmidt, der Polizist vor Ort, der für alles eine Lösung hatte. »Super-Opa« hatte ihn Lisa genannt. Das Tier war schnell eingefangen. Aber es war zu spät geworden, eine halbe Stunde wartete Lisa geduldig, dass ihr Opa sie abholte.

Wie jeden Mittwoch.

Lisa war groß. »Opa, ich kann auch alleine nach Hause gehen. Das ist doch nicht weit und ich passe auf. Bin schon groß!«

Ja, sie war groß, sie machte alles richtig. Er hatte ihr erklärt, was sie im Straßenverkehr beachten sollte. Dass sie nur bei Grün gehen durfte und immer den Zebrastreifen benutzen musste. In Lisa hatte er seine Hoffnungen und guten Vorsätze gesetzt. Mit ihr hatte er Zeit verbracht. Stundenlang ihre Fragen beantwortet, beim Puzzeln geholfen, Memory gespielt. Dinge, von denen er nicht ahnte, dass sie ihm so viel Spaß machten.

Er war noch bei Bauer Schneider, als er das Martinshorn hörte. Sofort wusste er, dass irgendetwas Schlimmes passiert war. Er rannte los. Bis sein Blut im

Kopf rauschte, sein Puls raste. Aber das war nichts zu dem Schmerz, den er fühlte, als er sie sah. Auf der Straße liegend, den Schulranzen ein paar Meter von ihr entfernt. Die Jeans aufgerissen, verschmutzt. Er sah den dunklen Fleck an ihrer Schläfe, den er wegwischen wollte und nicht konnte. Er verschwand nicht, egal wie oft er mit seiner Hand darüber glitt.

Der Mann, der aus dem Auto stieg und so blöd fragte, was denn passiert sei. Er hätte gar nichts gesehen. Sie wäre auf einmal aufgetaucht. Aus dem Nichts.

Die Rekonstruktion des Unfalls hatte ergeben, dass er viel zu schnell unterwegs gewesen war. Nach einem Joint hatte er sich ins Auto gesetzt, um die »Freiheit der Straße« zu genießen. Die Eifel lüde dazu ein, die Grenzen auszutesten. Das war der letzte Satz des Fahrers, an den sich Rudi erinnerte. Alles andere war fort. Da war eine Lücke, ein schwarzes Loch, in dem eine halbe Stunde verschwunden war. Die Kollegen hatten ihm erzählt, was passiert war. Er hatte losgebrüllt, ein Urschrei, und war auf den Fahrer losgegangen. Da hatte nichts gebremst, er wollte ihn umbringen. Wappenschmidt hatte dem Mann die Nase gebrochen, ein blaues Auge geschlagen, immer wieder zugehauen, immer auf die gleiche Stelle. Er hätte ihn getötet. Er konnte sich an kein Gesicht, an kein gesprochenes Wort erinnern. Aber an diesen einen Gedanken, dass er ihn töten wollte. Auge um Auge, Zahn um Zahn. Ein Leben für das andere. Ein halbes Jahr war er in der Klinik gewesen. Hatte sich nicht gespürt, nicht gelacht, nicht geweint. Alles perlte an ihm ab, bevor es ihn im Innern erreichen konnte. Wie auch immer, er durfte nach acht Monaten wieder in den Dienst. Seine Tochter war mit ihrem Mann fortgezogen und hatte nie wieder mit ihm gesprochen. Er war allein.

Er nahm den Blick von Lisa. Saschas Beerdigung fand Morgen statt. Er schaute zur Uhr und beschloss, seine Mittagspause bei Saschas Eltern zu verbringen. Wenn einer wusste, wie sie sich fühlten, dann er.

»Nochmals mein Beileid, Elli, Alfred.« Mehr sagte er nicht, nickte nur mit dem Kopf.

Elli hantierte in der Küche, Alfred saß stumm am Tisch.

»Danke, Rudi«, erwiderte Elli. »Wir haben übrigens einen Eichensarg genommen. Möchtest du vielleicht auch ein paar Sätze morgen sagen? Du kanntest ihn ja gut. Wir haben an ein paar Fürbitten gedacht.«

Wappenschmidt hatte eine untröstliche Elli erwartet, eine sich die Augen aus dem Kopf weinende Mutter, die nicht wusste, wohin mit ihrem Schmerz. Was er sah, irritierte ihn. Sie war in ihrem Element. Sie strahlte fast. Ihre Wangen waren gerötet, ihre Augen weder geschwollen noch trübe. Als sie seinen Blick auf sich gerichtet spürte, lächelte sie entschuldigend.

»Ich weiß, wie es auf dich wirken muss. Aber es hilft mir, dass ich etwas zu tun habe. Ich weiß nicht, was nach der Beerdigung ist«.

Alfred hatte noch kein Wort gesagt. Er schaute mit toten Augen auf seine Frau. »Rudi, du möchtest bestimmt einen Kaffee. Alfred, mach doch mal. Biete dem Rudi einen Platz an. Ich setze noch einen Kaffee an. Milch, Zucker?«

Alfreds Tun beschränkte sich auf eine Handbewegung. Wortlos setzte sich Rudi. Elli kommentierte ihr Tun, summte die Melodie im Radio nach, zählte laut die Kaffeelöffel mit, die sie in den Filter gab, setzte den Wasserkocher an.

»Dauert nicht lange.« Rudi schaute Alfred an, wusste nicht, was er sagen sollte.

»Der Bestatter hat Saschas Sachen gebracht, ich denke, ich bringe sie zum Altkleidercontainer. Dann machen sie irgendwo irgendjemanden noch glücklich.«

Sie zuckte zusammen, als plötzlich Alfred auf den Tisch haute. Wieder ballte er seine Hand zur Faust und schlug ein zweites Mal so fest auf die Tischplatte, dass sein Kaffee überschwappte. »Nein.«

Elli fand als Erste ihre Sprache wieder. »Was hast du gesagt?«

Ihr Mann gab keine Antwort. Stattdessen stand er auf und ging zur Tür. »Du gibst nichts von Sascha fort«, sagte er mit eiskalter Stimme und ging hinaus.

»Verstehst du das, Rudi?« Elli war empört. Ja, wollte er sagen, nur zu gut. Aber das wirst du nie.

»Gib ihm Zeit«, sagte er stattdessen. »Wo sind Saschas Sachen?«

»Da vorne. Die Schuhe sind noch neu. Die kann doch jemand gebrauchen. Was soll das denn? Will er einen Totenschrein errichten?«

»Vielleicht ist er zum Einlenken bereit, wenn du ihm vorschlägst, dass seine Kleidung und die Turnschuhe mit Sascha begraben werden.« Elli überlegte. Ihre Antwort überraschte ihn.

»Das muss Alfred entscheiden, da will ich nicht über seinen Kopf bestimmen.«

SECHSUNDZWANZIG

Christofs Geschichte hatte Violas Neugier geweckt. In was war ihr Bruder nun schon wieder hineingerutscht? Er hatte ein Händchen für ungewöhnliche Situationen. Welcher normale Mensch stolperte schon über eine Leiche auf einem Campingplatz? Und wurde, wenn auch nur für den Bruchteil eines Augenblickes, für den Mörder gehalten und ausgeknockt? Wurde dann Opfer sowohl eines Einbruchs als auch eines Überfalls?

Sie schaute sich die Fotos an, die er ihr per E-Mail geschickt hatte. Sie konnte ihren Kollegen keine Nachlässigkeit vorwerfen, auf den ersten Blick sah es wie ein Unfall aus. Wenn Wappenschmidt tatsächlich etwas mit Saschas Tod zu tun und er den Kollegen den Unfall erklärt hatte, dann würden sie sich nicht unbedingt Mehrarbeit aufhalsen.

Ihr kriminalistischer Spürsinn war geweckt. Und immer noch wanderte der Name Wappenschmidt durch ihren Kopf. Irgendwoher kam er ihr bekannt vor. Auch im Zusammenhang mit der Polizei. Unauffällig hatte sie mal bei den Kollegen nachgehakt, doch niemand erinnerte sich. Die Eifel war weit genug von Düsseldorf entfernt.

Sie musste ihrem Bruder den Gefallen tun. Unglaublich, was ihm alles in letzter Zeit passierte. Normal war das wirklich nicht. Allerdings hatte sie diesen Begriff noch nie mit ihrem Bruder in Verbindung gebracht. Thomas fiel ihr ein. Thomas konnte alles über jeden herausfinden. Er musste nur wollen. Und das wiederum war nur möglich, wenn er einen Ansporn hatte.

»Ich muss wohl in den sauren Apfel beißen«, murmelte sie und überlegte parallel, wie sie es ihrem Mann beibringen sollte. Sie schaute zur Uhr, überlegte einen kurzen Moment und wählte die Nummer, ohne nachzudenken. Seltsam, dachte sie, in Zeiten von Handys und eingespeicherten Kontaktdaten konnte sie sich keine Telefonnummern merken. Noch nicht mal ihre eigene. Mit Thomas war sie vor zwölf Jahren zusammen gewesen und seine Festnetznummer hatte sich in ihr Gedächtnis eingebrannt. Es war eine schöne Zeit gewesen.

»Um diese Zeit ruft nur eine an. Hallo, Viola.« Seine Stimme hatte sich nicht verändert. In die hatte sie sich vor zwanzig Jahren als Erstes verliebt.

»Grüß dich, Thomas. Wie geht es dir?«

»Standardgrußformeln sehen dir gar nicht ähnlich. Es sei denn, du willst was von mir. Was ist es diesmal? Und was kochst du mir?«

»Lieber Thomas, du kennst mich viel zu gut. Du darfst dir was wünschen.«

»Oha, dann ist es ein dickes Ding. Habe ich recht?«

»Für dich dürfte es kein Problem sein. Du bist doch Profi.« Einen Moment blieb es still in der Leitung. »Schieß los. Nicht wörtlich nehmen.« Er lachte.

Auch das hatte sich nicht geändert. Ein heiserer, kehliger Laut. Sehr verführerisch.

»Mein Bruder ist in Schwierigkeiten.«

»Christof? Der Saubermann? Wie kann der denn in Schlamassel geraten? Mister Perfekt. Mister Langeweile. Ist der immer noch in diesem Consultingkonzern und sagt anderen, was sie alles falsch machen und wie es richtig geht?«

Christof und Thomas hatten sich von Anfang an nicht gemocht. Bei jedem Aufeinanderstoßen hatte es geknistert. Die Spannung zwischen ihnen war körperlich zu spüren und beinah greifbar. Es würde ihm gefallen, dass es für ihren Bruder im Moment nicht gut lief. Viola erzählte und ließ nichts aus. Thomas hörte zu und unterbrach sie nicht einmal. Als sie von Wappenschmidt berichtete, grunzte Thomas.

»Sagt dir der Name etwas?«, fragte Viola neugierig. »Vielleicht, erzähl weiter.«

»Viel gibt es nicht mehr zu erzählen. Außer, dass mich mein Gefühl selten täuscht. Und bei dieser Geschichte stinkt etwas. Und zwar ganz gewaltig.«

»Gib mir einen Tag. Bis dahin bin ich schlauer. Übrigens, ich steh im Moment auf Kobe. Damit du Bescheid weißt.«

Er legte auf. Viola schaute irritiert auf den Hörer. Was zum Himmel war ein Kobe?

Ihr Kollege Stefan Bull kam hereingestürmt, hatte seinen Satz aber schon — wie immer — vor der Tür angefangen. »Viola, du glaubst nicht, was ich schon wieder erlebt ...«

Als er ihren Gesichtsausdruck bemerkte, stoppte er den Redefluss. »Ist was passiert? Du siehst aus, als würdest du die Welt nicht mehr verstehen.«

»Du bist doch kulinarisch gut bewandert. Weißt du, was Kobe ist? Keine Ahnung, ob ich das richtig verstanden habe und vielleicht auch falsch ausspreche. Mir sagt das nichts.«

»Ein sehr teures, aber sehr edles und leckeres Rindfleisch. Sehr teuer. Probiert habe ich es aber noch nicht. Ich denke, du bist Vegetarier?«

»Ja, das bleib ich auch. Es ist nicht für mich. Warum Kobe? Was heißt das?«

Stefans Stirn legte sich in Falten. »Ich meine, das kommt ursprünglich aus Japan. Mittlerweile werden auch in Deutschland diese Rinder gezüchtet. Kriegst du wohl nicht beim Discounter. Recherchier mal im Internet. Gibt doch diese Online-Gourmets-Shops für Grillfans.«

Viola schaute skeptisch. Fleisch, und dann auch noch aus dem Internet. Thomas hatte sie mal wieder ausgetrickst. Sie gab in ihren Suchmaschine Kobe ein. Den ersten Überblick verschaffte sie sich auf Wikipedia. Nachdem sie den Artikel gelesen hatte, schüttelte sie den Kopf. Gab es tatsächlich Menschen, die so viel Geld für ein Stück Fleisch bezahlten? Mittlerweile gab es deutsche Züchtungen des Wagyu-Rinds und die Preise für das Kilogramm waren zwar noch immer gigantisch, aber nicht unbezahlbar. Ein Kilo echtes Kobe-Rind kostete zwischen 400-600 Euro. Ein Gourmethändler im Internet bot es für 49 Euro an. Lieferzeit zwei Tage. Sobald Thomas ihr die Informationen besorgt hatte, müsste sie in den sauren Apfel beißen.

Thomas brauchte keinen Tag. Sein Anruf kam drei Stunden später. »Ich habe Neuigkeiten. Über diesen Wappenschmidt. Er ist ein typischer Dorfpolizist, im positiven Sinn. Mittlerweile macht er wohl auch wieder einen guten Job, seit er acht Monate aus dem Verkehr gezogen wurde.«

»So lange? Was ist passiert?«

»Sein Enkelkind ist gestorben. Eine ganz tragische Geschichte. Die Kleine ist überfahren worden. Auf einem Zebrastreifen, als sie von der Schule nach Hause gegangen ist. Eigentlich wollte Wappenschmidt sie abholen, dann kam etwas dazwischen, und das Mädchen ist alleine losgelaufen. Das hat ihn aus der Bahn geworfen. Er hat es sich nicht verzeihen können. Ein halbes Jahr ist er in Therapie gewesen. Konnte seinen Job nicht mehr ausüben. War nicht tragbar. Ist sofort auf jeden los, der Alkohol getrunken oder Drogen konsumiert hat. Er ist ein ganz strenger Verfechter von der Null-Promille-Grenze und absoluter Gegner der weichen Drogen. Jetzt ist er o. k. Macht einen guten Job. Lässt sich immer einsetzen, wenn Verkehrskontrollen anstehen. Die Kollegen mögen ihn. Ein Mann, auf den man bauen kann. Einer, der auch mal Gegenwind aushält. Was hast du gegen ihn?«

»Nichts Bestimmtes, nur einen Verdacht. Christof glaubt, dass er einen Mord vertuscht hat. Damit nicht genug, er ist sich ebenfalls sicher, dass Wappenschmidt Drahtzieher bei seinem Wohnmobileinbruch ist und ihm ein paar Schläger auf den Hals geschickt hat.«

»Harter Tobak. Aber Beweise gibt es keine, oder?«

»Ja und nein. Ein paar Fotos, auf dem Wappenschmidt mit den vermeintlichen Schlägern zu sehen ist. Aber sind das Beweise? Natürlich kann sich Christof irren. Es war dunkel, als er überfallen wurde. Falls seine Vermutungen keine Folge seiner Verletzung sind, dann passt alles viel zu gut ineinander. Ich bin mir nur nicht sicher, ob er im Moment nicht überreagiert und in allem, was ihm passiert, eine Verschwörung gegen sich sieht. In letzter Zeit hat sich bei ihm so viel verändert, was er nicht wollte, dass er wirklich glaubt, dass alles gegen ihn ist. Das Opfer war übrigens ein Drogenkurier. Zwar nur ein kleines Licht. Aber es könnte passen. Zu viel, was ineinandergreift und passt.«

»Vertrau deinem Gefühl, damit hast du selten daneben gelegen. Wann kann ich zum Essen kommen?«

SIEBENUNDZWANZIG

Christof brauchte frische Luft zum Nachdenken. Das Gespräch mit seiner Schwester hatte ihm ausreichend Stoff zum Grübeln gegeben. Wie passte das zusammen? Welchen Sinn ergab es, wenn er die Geschehnisse miteinander verknüpfte? Oder verrannte er sich in eine fixe Idee? Wie weit konnte er sich selbst und seiner Intuition vertrauen?

Werner hatte ihm einen Vogel gezeigt, als er ihm von seinem Verdacht gegen Wappenschmidt erzählte.

»Der ist Polizist. Dazu ein guter. Der bringt keinen um, bricht nicht ein und schon gar nicht beauftragt er Schläger, die dich überfallen sollen. Dann denk an Ingeborg. Dann glaubst du, er hätte auch Ingeborg etwas antun wollen? So ein Schwachsinn. Du leidest an Verfolgungswahn. Trink einen Schnaps von Ludmilla, der macht klar im Kopf.«

Sicherlich nicht, dachte Christof. Aber der Zweifel nagte. Als ob er sich nicht selbst oft genug gefragt hatte, ob er in völlig falsche Richtungen dachte. In der letzten Zeit hatte er so viel erlebt, was ihm vor ein paar Jahren noch utopisch erschien, dass er all seine Empfindungen und Erkenntnisse infrage stellte.

Er wanderte am Wasser entlang, das Laub raschelte zu seinen Füßen. Der Duft von Pilzen lag in der Luft. Für ein paar Sekunden schloss er die Augen und atmete tief ein. Das war die Schlüsselfrage: Konnte er sich selbst trauen?

Er nahm den Pfad zur Burg. Dort oben hatte er einen grandiosen Blick ins Tal, konnte frei atmen und vielleicht platzte der Knoten, der ihn wie ein Eisenring umschlossen hielt.

Wie durch ein Wunder kamen ihm weder Schulklassen noch Rentnerpaare entgegen. Stur schaute er zu Boden, hob die Füße nicht, weil er das Rascheln der Blätter liebte und es ihn beruhigte. Je länger er ging, umso wärmer wurde ihm und er öffnete den Reißverschluss seiner Jacke. Er war kein trainierter Wanderer, der Anstieg strengte ihn an. Der Kraftaufwand gab ihm ein gutes Körpergefühl. Vielleicht sollte er doch öfter Sport treiben.

Seine Gedanken kreisten um Sascha. War er hier oft lang gelaufen? Gemeinsam mit Kevin und Sabrina? Wie verbrachten Jugendliche hier ihre Freizeit? Das Angebot lag weit unter denen von Großstädten, selbst Düsseldorf. Wenn seine Eltern nicht fortgezogen wären, hätte er auch zu Drogen gegriffen? Er wollte das nicht von sich weisen, obwohl er Hasch und Pilze strikt ablehnte. Der Schützenverein, Fußballclub und Tambourkorps waren die üblichen Freizeitbeschäftigungen, denen er auch sicherlich beigetreten wäre.

Immer noch war er alleine unterwegs und genoss das Gefühl, mit der Natur im Einklang zu sein. Über ihm flog ein Falke seine Runden. Irgendwo zur rechten Seite raschelte es. Vielleicht ein Igel. Gab es auch Füchse? Er machte einen großen Schritt über eine Baumwurzel. Bald müsste er oben sein.

Ein Hund kam ihm entgegen. In seinem Maul trug er einen Ball. Ein paar Meter vor Christof blieb er stehen, als wolle er die Situation einschätzen. Langsam trabte er auf Christof zu, ließ den Ball vor seine Füße fallen und schaute ihn auffordernd an. Wo war der Besitzer? Der Hund legte sich hin, schob mit einer Pfote den Ball näher an Christof heran und wedelte mit dem Schwanz.

»Herr Müller-Lüdenscheid. Komm her. Wo bist du?« Die Stimme klang jung. Irgendwie kam sie ihm bekannt vor, konnte sie aber nicht einsortieren.

»Christof, was machst du denn hier?« Kevins Schwester Sabrina stand plötzlich vor ihm.

»Dein Hund?«, fragte er, statt zu antworten.

»Nein, Herr Müller-Lüdenscheid gehört unserem Nachbarn. Ich schnapp ihn mir manchmal, wenn ich an die frische Luft will.«

Herr Müller-Lüdenscheid überbrückte das Schweigen, indem er den Ball noch mal vor Christofs Schuhe legte und einmal kurz bellte. Als Christof nicht sofort reagierte, legte sich der Hund auf den Rücken und streckte seine Pfoten von sich. Dabei ließ er Christof nicht aus den Augen. Die nächste Aktion waren zwei Rollen hintereinander.

Sabrina lachte. »Das macht er, bis du endlich mit ihm spielst. Der ist total verrückt.«

Und dann, ohne Vorwarnung sagte sie mit leiser Stimme: »Ich war mit Kevin bei Saschas Eltern. Der Bestatter hat ihnen die Habseligkeiten ihres Sohnes gebracht. Es war unendlich traurig. Die Beerdigung ist morgen. Um drei. Kommst du auch?«

Christof schluckte. Tausend Gedanken gingen ihm durch den Kopf. Es blieb der Satz, dass er es ihm schuldig war. Er nickte. Um sich abzulenken, nahm er den Ball und warf ihn ein paar Meter. Der Hund, der ihn genau beobachtete, jagte hinterher und brachte ihn schwanzwedelnd zurück.

»Für die nächsten Stunden bist du beschäftigt.« Sabrina lächelte, doch der traurige Zug um den Mund verschwand nicht. »Wo willst du hin? Geht es dir besser? Oder brauchst du auch nur Bewegung an der frischen Luft?«

»Ich wollte zur Burg hoch. Bewegung, frische Luft und den Kopf frei bekommen.«

Und dann kam ihm ein Gedanke, der nur im ersten Moment absurd klang. Er suchte nach Worten, doch eine pietätvolle Formulierung fiel ihm nicht ein.

»Sind die Schuhe eigentlich auch dabei?« Sabrina schaute verständnislos an.

»Saschas Turnschuhe. Man könnte untersuchen, ob Fingerabdrücke zu finden sind. Wenn wir davon ausgehen, dass Sascha sie nicht freiwillig angezogen hat, dann müssen doch Spuren eines anderen Menschen zu finden sein.«

»Die Polizei geht von einem Unfall aus. Es gibt keine anderen Hinweise. Niemand wird dir zuhören, geschweige denn, sich überzeugen lassen, dass Saschas Tod keine Folge eines Unfalls war. Und ehrlich gesagt, glaube auch ich nicht mehr an den großen Unbekannten.«

Der Satz traf Christof mehr, als er gedacht hatte. Jetzt zweifelte selbst Sabrina an seiner Theorie.

»Was sagt Kevin?«

»Wir haben darüber gesprochen. Natürlich ist es alles unverständlich. Aber der Tod ist nicht immer erklärbar. Das hat uns Rudi auch noch einmal erklärt.«

»Er war bei euch?«

»Ja. Er hat uns aufgesucht. Er hat ja auch vor Jahren diesen Verlust erlitten, er weiß, dass es manchmal keine Erklärung für das Unfassbare gibt.«

Christof griff sich an die Stirn. »Was meinst du?«

»Weißt du das gar nicht? Eine ganz tragische Geschichte. Er hat seine Enkelin verloren. Durch einen Unfall. Er gibt sich immer noch die Schuld dafür.«

»Was ist passiert?«

»Es muss um diese Jahreszeit gewesen sein, vor ziemlich genau acht Jahren. Lisa war ein blonder Lockenschopf. Man konnte sie einfach nur liebhaben. Wappenschmidt hat sie vergöttert. Wenn es sein Job hergab, hat er sie in den Kindergarten gebracht. Später auch zur Schule und sie immer abgeholt. An jenem Tag kam etwas dazwischen. Er konnte sie nicht abholen. Lisa ist alleine nach Hause gegangen. Sie war ein kluges Mädchen, ging auf dem Bürgersteig. Sie war nicht leichtsinnig oder so. Ist nie bei Rot über die Ampel oder einfach ohne zu gucken, über die Straße gelaufen. Wappenschmidt hat ihr immer erklärt, was sie machen musste. An diesem Tag ist das Unfassbare passiert. Ein junger Mann, unter Drogeneinfluss stehend, hat den Zebrastreifen ignoriert. Er ist mit siebzig Sachen durch die Stadt, hat das Mädchen einfach nicht gesehen, behauptete er hinterher. Wappenschmidt kam zu dem Unfallort. Es muss furchtbar gewesen sein. Er hat den Fahrer aus dem Wagen gezogen und ist auf ihn los. Wie von Sinnen hat er wieder und wieder auf ihn eingeschlagen. Man musste ihn mit drei Leuten fortziehen, sonst hätte er ihn totgeprügelt. Seitdem ist er ein anderer. Er kämpft wie ein Besessener gegen Drogen jeglicher Art. Kann man ja verstehen.« Sie machte eine kurze Pause. »Mir hat er unheimlich leidgetan. Bist du mal in seinem Büro gewesen? Dort hängen Fotos von Lisa und dem Unfallort. Als Mahnmal und ewige Erinnerung.«

Christof erinnerte sich, an Wappenschmidts Antwort, als er ihn nach dem süßen Kind gefragt hatte. »Ein Opfer«, hatte er gesagt. Mehr nicht. Nur zwei Worte. Wie viele Worte brauchte es, um eine Tragödie einzufangen und zu beschreiben? Konnte man es überhaupt?

ACHTUNDZWANZIG

Die Idee, Saschas Schuhe zu überprüfen, setzte sich in Christofs Kopf fest. Er musste sie haben. Statt zur Burg nahm er den Weg zu Saschas Eltern. Vielleicht ergab sich irgendwie die Gelegenheit, an die Schuhe zu kommen. So konnte er Wappenschmidt überführen. Dass das nur mit Violas Hilfe möglich wäre und er sich nicht sicher war, ob sie ihm diese gewähren würde, stand er sich nicht ein. Er lief los, einen Schritt nach dem anderen. Sabrina hatte ihm die Adresse genannt. Was er den Breuers sagen wollte, wusste er noch nicht, aber auch das würde sich ergeben, wenn er da war. Im schlechtesten Fall würde es ein Kondolenzbesuch. Da er sowieso für einen komischen Kerl gehalten wurde, kam es auf ein Fettnäpfchen mehr oder weniger nicht an.

Er stand vielleicht einhundert Meter vom Haus entfernt, als er sah, wie Saschas Vater das Haus verließ. Wie ein Flüchtender. Ohne nach links oder rechts zu schauen, schritt er hinter das Haus und begann in einer affenartigen Geschwindigkeit, Kaminholz zu spalten. Nach kurzer Zeit zog er sein Baumwollhemd aus und warf es zu Boden.

Der Anblick rührte Christof. Ein Vater, der um seinen Sohn trauerte. Vorsichtig ging er auf ihn zu und sagte: »Hallo, Herr Breuer.«

Nichts. Sollte er fragen, ob er helfen konnte? Er verwarf den Gedanken, besann sich und nahm einen Scheit zur Hand. Alfred Breuer reagierte noch immer nicht. Christof legte das Holzstück auf den Stapel. Er glaubte, ein kurzes Kopfnicken wahrgenommen zu haben.

Für einen Mann seines Alters legte Alfred ein gehöriges Tempo an den Tag. Christof passte sich dem an und nach kurzer Zeit bildeten sich Schweißperlen auf seiner Stirn. Er zog seine Jacke aus und schob die Ärmel seines Pullovers in die Höhe. Noch immer sprach Breuer kein Wort, doch die Arbeit klappte perfekt Hand in Hand. Wieder hob er die Axt in die Höhe und ließ sie auf ein Holzstück nieder. Als die Schneide ins Holz eindrang, begann er zu reden.

»Morgen wird Sascha beerdigt.«

Christof nickte. Was kam jetzt? Vorwürfe? Fragen? Sollte er erzählen oder schweigen?

»Wäre ich eine Stunde früher hinausgegangen und hätte Ihren Sohn gefunden, hätte man ihm vielleicht helfen können.« Christofs Stimme klang belegt. Er räusperte sich. »Es tut mir unendlich leid.«

Alfred spaltete erneut einen dicken Klotz.

»Ich habe mit den Ärzten gesprochen. Nein, auch eine Stunde früher hätte ihn nicht retten können.« Er keuchte, hob erneut die Axt. Der nächste Holzscheit barst.

»Es musste so kommen. Es war nur eine Frage der Zeit. Sascha war einer, dem das, was er hatte, nie gut genug war. Er wollte immer mehr. Nur ...«

Er hob die Axt so hoch, dass er beinah das Gleichgewicht verlor, fing sich aber sofort.

»Er wollte nicht dafür arbeiten. Er hatte Pläne, über die ich nur den Kopf schütteln konnte.«

Was antwortete man auf solch einen Satz? Christof schaute den Mann an, sah, wie er sich über die Stirn wischte. Vielleicht waren es auch Tränen, die er verstecken wollte. »Der Junge hat alles gehabt. Wir haben uns gefreut, dass es so spät doch noch mit Nachwuchs geklappt hat. Wir hatten das abgeschrieben. Sascha war so ein süßes Kind. Aufgeweckt, ein Strahlemann. Wir wollten nur das Beste für ihn und haben alles falsch gemacht.« Ein neuer Axthieb. Er traf daneben. Endlich hörte Breuer auf. Er sah erschöpft aus, am Rande seiner Kraft. Christof zögerte, auf ihn zuzugehen. Stattdessen sagte er: »Sicher nicht. Dinge passieren. Nicht immer hat man es allein in der Hand.«

»Kommen Sie morgen?«

»Halten Sie das für eine gute Idee?«

Ein Brummen. Ein Nicken.

»Dann bin ich da. Wann? «

»Um halb drei beginnt die Trauerfeier. Meine Frau ist im Haus. Sie kann Ihnen alles erzählen. Gehen Sie nur rein, der Wappenschmidt ist auch drin.«

Wie auf Kommando öffnete sich die Tür und der Polizist trat heraus. Er stand mit dem Rücken zu Christof und Breuer. Er nahm Ellis Hand und tätschelte sie ein paar Mal. »Wenn irgendetwas ist, meldet euch. In Gedanken bin ich immer bei euch. Und Morgen natürlich auch.«

Er drehte sich zum Gehen und blieb abrupt stehen, als er Christof sah. Man sah ihm an, dass er etwas sagen wollte, ließ es, nickte stattdessen und verschwand. Wo ist der Streifenwagen?, dachte Christof, als ihn Elli Breuer ansprach.

»Sie sind total verschwitzt und holen sich eine Erkältung, wenn Sie da so halbnackt stehen bleiben. Kommen Sie rein!«

»Ich habe Ihrem Mann etwas geholfen. Eigentlich wollte ich ...«

Es ging nicht. Er konnte nicht einfach sagen, dass er Saschas Schuhe haben wollte. Die ganze Situation war abstrus. Er blieb stumm und folgte der Einladung.

»Alfred, komm rein, du holst dir den Tod. Ich brauch dich noch.« Ihre Stimme klang energisch, weder leidend noch traurig. »Alfred, jetzt komm rein. Wir müssen reden.«

»Ich wollte nicht stören«, stammelte Christof. Doch Elli fuhr ihm über den Mund.

»Papperlapapp. Jetzt kommen Sie ins Haus, wir haben keine Geheimnisse. Das können Sie ruhig hören, es geht um die Beerdigung. Sie kommen doch?«

Sie wartete die Antwort nicht ab und verschwand wieder im Haus. Alfred stand hinter ihm, putzte sich die Füße ab und drängte ihn hinein. Christof zog den Kopf ein. Das Haus war ein typisches Bauernhaus mit Fachwerk, mit niedrigen Türen und Decken.

»Der Rudi hat eine gute Idee gehabt, Alfred. Ich weiß ja nicht, was du dagegen hast, dass ich Saschas Turnschuhe verschenke, das ist deine Sache. Aber hier wird kein Schrein aufgebaut. Ein, zwei Bilder von dem Jungen, mehr nicht. Dem Sascha seine Turnschuhe geben wir mit in den Sarg. Dann sind sie bei ihm. Bist du damit einverstanden?«

Christof war entsetzt. Es gab unendliche viele Arten, Trauer zu zeigen und mit ihr umzugehen. Aber eine Mutter, die ihr Kind verloren hatte, stellte er sich anders vor. Elli war voller Energie, Elan und Tatendrang. Er beobachtete Alfred, der wieder die Sprache verloren zu haben schien. Schicksalsergeben, fiel Christof beim Betrachten des Mannes ein. Erst dann drang in sein

Bewusstsein, was Elli gesagt hatte. Sollte das passieren, wären die Schuhe unwiederbringlich verloren. Sein schöner Plan, Fingerabdrücke sicherzustellen und Wappenschmidt zu überführen, wäre hinfällig.

»Nein.« Der Ruf kam Christof über die Lippen, bevor er nachgedacht hatte. Elli und Alfred blickten ihn entgeistert an.

»Was haben Sie denn dagegen?« Frau Breuer betonte das »Sie«. Sollte er Saschas Eltern reinen Wein einschenken? Wie weit konnte er ihnen seine Befürchtungen mitteilen? Er schaute auf seine Schuhe, sah den Schmutz, den er in den Raum getragen hatte. Dachte an die nicht vorhandene Verunreinigung auf Saschas Schuhen.

»Also, ich glaube nicht, dass der Unfall so passiert ist, wie es sich im Moment darstellt. Sascha kann mit den Turnschuhen nicht ausgerutscht sein. Es ist unmöglich.«

Es war raus. Er wartete. Sie mussten etwas sagen, doch er wartete vergeblich.

»Sie sind Beweisstücke und ich habe gedacht, dass, wenn ich sie nehmen und überprüfen lassen könnte, dann ...«

Er stockte. In der Atmosphäre des gemütlichen Fachwerkhauses klangen seine Erklärungen völlig abwegig. Die beiden blieben still, schauten sich hilfesuchend in die Augen. Alfred fand als Erster Worte.

»Wieso Beweisstück? Was meinen Sie damit?«

»Ich habe mit Kevin gesprochen.«

»Was hat Kevin damit zu tun?« Ellis Stimme, schrill und hoch, beinah hysterisch. »Kevin war mit Sabrina hier. Er kann nicht fassen, dass Sascha tot ist, genauso wenig wie wir. Aber er hat nicht von den Schuhen und anderen Beweisen gesprochen. Das würde ja bedeuten, dass mit Saschas Tod etwas nicht mit rechten Dingen zugegangen wäre. Und wenn dem so wäre, dann hätte der Rudi doch auch was gesagt. Der kennt den Sascha von klein auf und er hat doch seine Lisa verloren. Das würde er mir ... das würde er uns nicht antun.« Elli setzte sich an den Holztisch und wischte immer wieder mit der Handfläche über die Tischplatte. Das Geräusch wirkte unnatürlich laut in der Stille.

»Ich glaube, dass Rudi Wappenschmidt nicht wahrhaben will, dass er einen Fehler gemacht haben könnte. Mir sind so viele Ungereimtheiten aufgefallen. Das alles kann kein Zufall sein.«

Es war raus. Würden sie ihn hinauswerfen?

»Was für Ungereimtheiten? Wie meinen Sie das?«

Wieder war es Alfred, der sachlich nachfragte. Ohne Emotionen. Nur seine Augen blieben trüb. Zumindest er hielt ihn nicht für verrückt. Christof erzählte. Von den Fotos, dem Gespräch mit Kevin, dem Einbruch und dem Überfall. Und ganz zum Schluss von seiner Idee, die Schuhe zu überprüfen, um zu schauen, ob es Fingerabdrücke gab. Wieder blieb es sekundenlang still. Elli und Alfred wirkten wie erstarrt. Doch plötzlich sprang sie auf, ging zum Herd und fing an, wie wild zu putzen. Zumindest nahm sie einen Lappen, den sie wieder und wieder mit einem Reinigungsmittel besprühte. Sie hob weder ihren Kopf, noch gab es Anzeichen, dass sie Christofs Überlegungen begriffen hatte. Sie tat, als ginge sie das alles nichts an und schrubbte. Ihre Stimme klang völlig normal.

»Morgen ist Saschas Beerdigung. Ob mit oder ohne Schuhe. Aber das ist sein Tag. Da geht es nur um meinen Jungen. Einmal in seinem Leben soll er die Aufmerksamkeit bekommen, nach der er sich immer gesehnt hat und die er verdient hat.« Sie schaute nicht auf, aber ihre Hände scheuerten kräftiger auf der Arbeitsplatte imaginären Schmutz fort. »Alles andere ist mir egal. Aber ich lasse nicht zu, dass irgendetwas den morgigen Tag stört.«

Christof setzte zu einer Erwiderung an, doch Alfred schüttelte den Kopf.

»Lassen Sie«, flüsterte er. »Es ist ihre Art, mit dem Schmerz und den Verlust umzugehen.«

Er legte seine Hand auf Christofs Schulter. »Nehmen Sie die Schuhe mit. Machen Sie, was Sie für nötig halten. Es ändert nichts, Sascha bleibt tot. Aber wenn irgendjemand an seinem Unfall Schuld trägt, will ich es wissen. Und warum.« Er sah ihn eindringlich an. »Das müssen Sie mir versprechen.«

NEUNUNDZWANZIG

»Viola, kannst du mir einen Gefallen tun?«

»Bruderherz, was ist los? Was macht die Eifel? Oder soll ich direkt zur Sache kommen? Welche Vorschrift soll ich umgehen, welchen Paragrafen unterwandern und wen mit meinem unwiderstehlichen Charme bezirzen?«

Sie hatte gute Laune und scherzte, ein gutes Zeichen. Ohne weiteres Geplänkel kam er direkt zur Sache. »Sascha wird morgen beerdigt. Ich konnte seine Schuhe ergattern. Kannst du sie auf Fingerabdrücke untersuchen lassen?«

Er stellte sich vor, wie seine Schwester den Mund aufriss, um ihn anzubrüllen. Es sich anders überlegte, die Augen zusammendrückte und die Lippen fest aufeinanderpresste. Sie hatte wirklich gute Laune, wie ihr nächster Satz erkennen ließ.

»Du spinnst. Wie denkst du dir das? Wir sind keine amerikanische Fernsehsendung und ich bin keine Ami-Profilerin, ich muss mich an Vorschriften und Gesetze halten.«

Das Übliche. Nur unterließ sie dieses Mal den vorwurfsvollen Unterton. Sie schien einen schönen Samstagabend gehabt zu haben.

»Ich war gestern im Kino. Solltest du auch mal wieder tun.« Höflich erkundigte sich Christof, was sie gesehen hatte. »Einen Liebesfilm. Kitsch hilft manchmal. Vor allem, wenn in der Realität alles schief läuft.«

Frauenkram, dachte er. Er erklärte ihr, was er glaubte. Dass Fingerabdrücke auf den Schuhen sein müssten, wenn der Mörder sie nachträglich an Saschas Füße gesteckt hatte.

»Bruderherz, vergiss es, das ist Unsinn. Und da kann ich dir nicht helfen.«

Christof parkte die Quickly in einer Seitenstraße und legte den Helm hinter dem Moped auf den Boden. Er war sich sicher, dass das alte Ding niemand klauen würde. Und wenn, war es egal. Jetzt ging es um Wichtigeres. Er nahm den Rucksack, versicherte sich, dass sich die Schuhe noch darin befanden. Auch so eine dumme Angewohnheit von ihm, alles mehrmals zu überprüfen. Niemand hatte sich in der Zwischenzeit an seinem Rucksack zu schaffen gemacht – wo sollten die Schuhe sonst sein?

Vor ein paar Minuten hatte er die Fotos vom Speicherchip der Kamera auf Papier drucken lassen. Das Ergebnis konnte sich sehen lassen. Noch im Drogeriemarkt beschloss er, Wappenschmidt die Fotos zu zeigen. Er war im Büro, sein Fahrrad stand vor der Dienststelle.

Wenn Viola ihm nicht helfen konnte oder wollte, würde er es alleine hinkriegen. Jetzt galt es, keine Fehler zu machen. Er setzte bewusst alles auf eine Karte. Was hatte er zu verlieren? Wenn es schiefging, verlor er seine Glaubwürdigkeit. Das war zu verkraften.

Ab morgen konnte er endlich im Wohnmobil auf dem Weg in die Bretagne sein und da kümmerte es niemanden, was ihm in der Eifel widerfahren war.

Er schaltete die Diktierfunktion seines Smartphones ein, versicherte sich, dass die Fotos in der Innentasche seiner Jacke steckten, holte tief Luft und betrat das Büro.

»Herr Breuckmann, was kann ich dieses Mal für Sie tun? Gab es wieder einen Überfall? Einen Einbruch? Oder mal etwas ganz anderes zur Abwechslung?«

Ohne Aufforderung setzte sich Christof auf einen der Holzstühle und stellte den Rucksack auf dem Tisch ab. Wappenschmidts Gesichtsausdruck veränderte sich. Wurde eine Spur unfreundlicher.

Christof lehnte sich zurück, streckte seine Beine aus und gab seinem Gegenüber keine Gelegenheit, ihn vor die Tür zu setzen. »Raten Sie mal, was ich hier drin habe«, forderte er ihn auf, während er auf den Rucksack zeigte und gleichzeitig die Fotografien hervorholte.

»Woher soll ich das wissen? Ratespiele finde ich lächerlich, aus dem Alter bin ich raus.«

Christof schob ihm die Bilder über den Schreibtisch zu.

»Schon wieder Fotos? Dieses Mal vollkommen altmodisch auf Papier? Ganz was Neues.«

»Schauen Sie genau hin. Vielleicht erkennen Sie etwas.«

Wappenschmidt warf einen flüchtigen Blick darauf.

»Was soll das sein?«

»Das sind die beiden Männer, die mich überfallen haben. Und schauen Sie mal, mit wem die sich treffen.«

Christof schob die Fotos noch ein Stück weiter über den Tisch. »Man sieht deutlich den Bücherschrank und die Burgmauer. Man erkennt auch den Mann im Hintergrund. Das sind Sie.«

»Was soll das? Was wollen Sie mir damit sagen?« Jetzt war es deutlich erkennbar, dass Wappenschmidts Gesicht blasser wurde.

»Ich behaupte, dass Sie diese Männer beauftragt haben, mich zu überfallen, weil ich Ihnen lästig geworden bin. Zu viele Fragen gestellt habe, weil ich glaube, dass Sie etwas mit Saschas Tod zu tun haben.«

Rudi Wappenschmidt betrachtete Christof einen Moment, ohne einen Gesichtsmuskel zu verziehen. Dann brach er in schallendes Gelächter aus. »Haben Sie mal den Gedanken gehabt, sich als Märchenerzähler zu versuchen? Oder Autor? Abteilung Fantasy? Fantasie haben Sie ja.«

Christof ging nicht darauf ein. »Und in dem Rucksack sind Schuhe. Saschas Schuhe. Sie wissen, dass meine Schwester bei der Kripo in Düsseldorf arbeitet? Und ihr Mann Rechtsmediziner ist? Ein tolles Team. Und Familienbande sind stark. Aber das wissen Sie ja auch.«

Jetzt zeigte Wappenschmidt zum ersten Mal Unsicherheit. Ein leichtes Zögern bei der Erwiderung. Ein Verfärben der Hautfarbe, noch eine Spur blasser werdend.

»Und diese Schuhe sind interessant. Sehr interessant.« Christof pokerte hoch. Jetzt galt es, das Spiel weiterzuspielen, ohne schlapp zu machen. Wappenschmidt nahm den Ball auf. »Ich dachte, die Schuhe sollten mit Sascha begraben werden. Seine Mutter sagte so etwas.«

»Hätte sie beinahe auch. Die Idee stammte von Ihnen, nicht wahr? Zum Glück bin ich noch rechtzeitig gekommen, um das zu verhindern.«

»Was wollen Sie?« Die Stimme des Polizisten klang angespannt.

»Am liebsten ein Geständnis. Dass Sie mir erzählen, wie Sascha umkam und wie Sie die Bremsschläuche manipuliert haben.«

Wappenschmidt lachte nicht mehr. »Was soll ich?«

»Dass Sie Sascha getötet haben. Ich glaube, dass es ein Unfall war, kein Vorsatz. Sie haben erfahren, dass er hier in der Eifel eine Hanfplantage anlegen wollte. Das muss für Sie eine Katastrophe gewesen sein. Das galt es zu verhindern. Ich kann es verstehen. Nach allem, was passiert ist.«

Wappenschmidt antwortete nicht, presste stattdessen die Lippen fest aufeinander.

»Wollten Sie ihn überreden, das Vorhaben aufzugeben? Kam es zum Streit? Haben Sie ihn versucht, am Arm zu halten, eindringlich, und er drehte sich um? Was dann? War der Griff zu heftig? Ist er gestolpert? Hat sich an einer Kante verletzt? Und dann? Hatten Sie nur noch den Wunsch, das Ganze zu vertuschen? Dass er draußen gestolpert ist und sich den Kopf aufgeschlagen hat? Sie konnten nicht wissen, dass er niemals die neuen Turnschuhe angezogen hätte. Erst musste die Spezialcreme einziehen, mit der er jeden Turnschuh vor dem ersten Tragen behandelte. Ihre Fingerabdrücke befinden sich auf den Schuhen. Ich hab es überprüfen lassen. Sie wissen schon, gute Kontakte. Und dann war es wichtig, dass man es als Unfall ansah. Ihre Kollegen, die Staatsanwaltschaft. Und das ist Ihnen geglückt. Nur ich habe Ihnen Kummer bereitet. Und die Angst, dass Ingeborg alleine weitermacht. Deshalb die Ratte. Und sicherheitshalber der defekte Bremsschlauch. Nur dabei hätten auch Unschuldige sterben können. Eine alte Frau, eine Mutter, ein anderes Kind.«

Während Christof redete, beobachtete er den Polizisten genau. Er suchte nach einem Zucken, irgendeiner Regung.

»Sonst ist niemand zu Schaden gekommen«, entgegnete Wappenschmidt.

»Wie ist es passiert? Haben Sie Lisa vor sich gesehen?« Als Christof »Lisa« sagte, vollzog sich eine Veränderung mit Wappenschmidt. Jeder Muskel in seinem Körper wirkte angespannt. Als stände er vor einer schweren Entscheidung. Gab es jetzt das Geständnis?

Statt einer Antwort zog Wappenschmidt eine Schublade auf und zog eine Waffe hervor. Christof erschrak und versuchte, zu beschwichtigen. »Machen Sie sich doch nicht unglücklich. Wir kriegen das alles wieder hin. Jeder wird Verständnis für Sie haben. Auch meine Schwester weiß Bescheid. Nur, wenn Sie mich jetzt erschießen, dann ...«

»Seien Sie kein Idiot«, erwiderte der Polizist.

Christof redete weiter. »Eine Flucht nutzt Ihnen nichts. Es ist doch nicht alles verloren.« Sein Blick blieb starr auf der Waffe haften.

»Hören Sie auf. Die Sprüche kenne ich alle. Es ist vergeblich. Was habe ich denn jetzt noch zu verlieren? Mit Lisas Tod verschwand alles Schöne in meinem Leben. Ich sah es als meine Lebensaufgabe an, gegen die Drogen vorzugehen. So etwas durfte nicht noch einmal passieren. Ein Kind, ein unschuldiges Kind, das von so einem Idioten über den Haufen gefahren wird. Weil ich eine Kuh einfangen musste. Eine Kuh!« Er spie das Wort aus. »Jeden Abend habe ich das Bild vor mir, wie sie auf dem Asphalt liegt. Seit acht Jahren jeden Abend. Können Sie sich das vorstellen?« Seine Stimme klang energisch, endgültig. »Sie haben keine Ahnung, wie es ist, jemanden zu verlieren. Wenn alle Pläne und Ideen hinfällig sind. Träume zerplatzen. Es keine Zukunft gibt. Und dann dieser Junge. Ich wollte ihn nicht töten. Ob Sie es glauben oder nicht: Ich mochte Sascha. Ich habe oft ein Auge zugedrückt, wollte ihm nicht seine Zukunft verbauen. Aber dann habe ich ein Gespräch zwischen ihm und Kevin belauscht. Sascha hatte vor, eine riesige Hanfplantage aufzubauen. Er wollte ins ganz große Geschäft einsteigen. Ich habe ihn im Wohnwagen besucht, um es ihm auszureden. Vergeblich. Er war so geblendet von den Möglichkeiten, die sich ihm boten. Er brauchte das Geld, er wollte fort. Nach Kanada. Und Ingeborg hätte es alleine nicht hingekriegt. Das war meine Hoffnung. Aber um sicherzugehen, habe ich ihr die Ratte vor die Tür gelegt und die Bremsschläuche angebohrt. Er kam näher.

»Stellen Sie sich dahin. Machen Sie schon.« Wappenschmidt nahm die Handschellen und wedelte mit der freien Hand damit herum. In der anderen hielt er immer noch die Pistole und zeigte die Richtung an. »Stellen Sie sich an das Regal. Keine Sorge, man findet Sie, dafür sorge ich. Aber im Moment muss ich Sie außer Gefecht setzen, dafür haben Sie sicher Verständnis.«

Die Scharniere schnappten ein. Er hing fest. Gefangen an einem Metallregal. Wappenschmidt blieb noch einmal an der Tür stehen. »Es war keine Absicht. Da haben Sie recht. Es war ein Unfall. Die Schuhe standen da, es kam mir wie eine gute Idee vor. Den Fundort habe ich präpariert. Die Kollegen kennen mich alle als stets korrekten Mann. Natürlich habe ich ihre Gedanken ein wenig in die richtige, in meine Wunschermittlung gelenkt.«

Er schaute ihn böse an. »Nur Sie haben keine Ruhe gegeben. Dass mit den beiden Typen tut mir leid. Die haben fester zugeschlagen, als sie sollten. Mir ging es doch nur um das Handy. Das haben sie mir gegeben, die Brieftasche und das Geld leider nicht. Sie werden Ihr Telefon hier finden. Machen Sie es gut. Jetzt können Sie ja endlich weiter, oder? Frankreich ruft.«

Christof sagte nichts. Schön, dass er recht hatte, das nutzte ihm im Moment nur nichts. Er hoffte, dass wenigstens die Aufnahme etwas geworden war und dass ihn irgendjemand hier fand, bevor ihm alle Muskeln eingeschlafen waren. Seine Position war ausgesprochen unbequem.

Wappenschmidt hatte noch immer die Pistole in der Hand. Wie weit würde er gehen? Auch wenn Christof ihm keinen vorsätzlichen Mord zutraute, würde er nicht darauf wetten.

»Machen Sie es gut«, sagte Wappenschmidt und ging hinaus. Christof hörte, wie sich der Schlüssel im Schloss drehte. Er war gefangen. Und allein.

Ein paar Sekunden brauchte er, um zu begreifen, dass das, was ihm gerade widerfuhr, Realität war. Er zog an den Fesseln zu ziehen, drehte und zerrte daran. Vergeblich. Dabei stieß er sich den Kopf an einer der Metallkanten. Etwas Warmes rann die Schläfe herab. Egal, wenn es ihm gelingen würde, ein Regal umzustoßen, um sich dann irgendwie von den Fesseln zu befreien, wäre er einen großen Schritt weiter. Das Regal war an der Wand verschraubt, es bewegte sich keinen Millimeter. Er fluchte. Niemand wusste, dass er hier war. Er musste auf sich aufmerksam machen. »Hilfe!«, begann er zu schreien. Vergeblich. Würde ihm Wappenschmidt Hilfe schicken? Was hatte er jetzt vor?

Plötzlich hörte Christof Reifenquietschen. Ein wildes Hupkonzert. Schreie. Er rüttelte erneut an den Handschellen, schrie dabei mit aller Kraft und Lautstärke, die ihm zur Verfügung stand.

Dann vernahm er ein Geräusch. Jemand machte sich an der Tür zu schaffen. Fremde Stimmen, Flüche. Jemand rief: »Herr Breuckmann?«

Rettung nahte. »Ja«, rief er erleichtert. »Ich bin hier. Gefesselt, ich kann mich nicht selbst befreien, hänge an einem Regal fest.«

»Wir wollen nicht schießen. Sind Sie verletzt? Oder können Sie noch aushalten?«

Christofs Hoffnung schwand. »Nur leichte Schrammen. Nichts Dramatisches. Aber es ist verflucht ungemütlich, wäre nett, wenn Sie sich beeilen würden.« Er wollte nicht mehr hier hängen, zur Untätigkeit verdammt. Jeder Muskel schmerzte. Das bekannte Pochen im Kopf trat wieder auf.

»Achtung. Wir brechen die Tür auf.«

Einen Moment blieb es still. So sehr sich Christof auch anstrengte, er konnte nichts hören. Dann ging alles ganz schnell. Ein ohrenbetäubender Knall, die Tür brach auf und zwei Polizisten in Uniformen standen vor ihm.

»Christof Breuckmann? Sind Sie verletzt?«, fragte ihn der ältere Beamte und befreite ihn von den Handschellen. Seine Bewegungen waren routiniert, er wusste, was er tat. Er sprach ruhig und bedacht, während der jüngere aufgeregt von einem Fuß auf den anderen trat.

»Wappenschmidt hat mich hier festgemacht. Sie müssen ihn finden. Er hat ...«

»Wir haben ihn gefunden. Allerdings kann er uns nicht mehr erzählen, was passiert ist. Er ist tot.«

Christof schaute den Polizisten fassungslos an. »Ich versteh das nicht. Vor ein paar Minuten ist er hier rausgegangen. Er hat mir nicht erzählt, was er vorhat, aber ... tot?«, wiederholte er.

»Ja«. Das war alles, was er erfuhr. Keiner der Polizisten schien gewillt, mehr zu erzählen. Christof gab nicht auf.

»Wie kommen Sie hierher? Ich habe doch eine Antwort verdient. Woher wussten Sie, dass ich ...«

Der jüngere der Polizisten gab sich einen Ruck. »Wir haben einen Hinweis bekommen, dass hier im Nidegger Polizeibüro etwas Seltsames vorgeht. Anonym. Dem mussten wir natürlich nachgehen. Wir kamen gerade an, als der Kollege aus der Tür stürmte und seine Waffe wegsteckte. Wir riefen ihn an, doch er türmte. Die Kollegen standen im Streifenwagen auf der gegenüberliegenden Straßenseite. Wir wissen nicht, was in ihm vorging, was er glaubte, was passieren würde. Er starrte uns an, sah zur Seite und lief los. Einfach so, ohne auf den Verkehr zu achten. Das Auto konnte nicht mehr bremsen.«

Der Schock stand dem Streifenpolizist ins Gesicht geschrieben. »Warum tut jemand das? Er war Polizist.«

Auch Christof wusste nicht, was er fühlen sollte. Erleichterung, dass sich seine Vermutungen als korrekt erwiesen hatten, dass er befreit worden war. Entsetzen, weil Wappenschmidt dieses Ende gewählt hatte. War er schuld an seinem Tod?

Christof nahm das Telefon zur Hand, stoppte erst jetzt die Aufnahme. »Ich muss mit Ihrem Vorgesetzten reden«, sagte er. »Ich habe die Erklärung für alles.«

DREISSIG

Jupp, Ingeborg, Werner, Viola, Sabrina, Kevin und Christof saßen auf Barhockern an der Theke und schauten skeptisch auf das Glas, das Ludmilla vor jeden hinstellte. Der Geruch verriet einen Selbstgebrannten.

»Dass Rudi uns die ganze Zeit etwas vormachen konnte! Ich habe nichts bemerkt. Und hätte es mir jemand erzählt, ich hätte es nicht geglaubt. Er war ein guter Schauspieler.« Werner schaute in die Runde, nahm das Glas in die Hand und prostete allen zu. »Lasst uns anstoßen. Auf Sascha. Und Rudi. Und auf Christof.« Er wandte sich ihm zu. »Ohne dich wäre das alles nicht ans Licht gekommen.«

Alle nickten und hoben die Gläser. Auch Christof nickte, bewegte jedoch zu ruckartig den Kopf und stöhnte auf. Ein Andenken an seinen Befreiungsversuch. Er hatte sich am Kopf verletzt. Eine tomatengroße Beule war das Ergebnis. Mal wieder.

»Was ich nur nicht ganz verstehe«, meldete sich Jupp zu Wort, »wo wollte Sascha denn diese Hanfplantage anlegen? Und wie sollte das ablaufen? Sollte das wirklich hier passieren? Und wer waren die Hintermänner?«

Jupp stellte das leere Glas hin und blickte erwartungsvoll für eine Antwort in die Runde. Etwas länger hing sein Blick an Ludmilla, in der Hoffnung, dass sie ihm nachschüttete. Ingeborg und Christof wechselten wortlos Blicke und sie antwortete. »Er hatte

Verbindungen nach Amsterdam. Die genauen Pläne wissen wir alle nicht.«

»Zum Glück bleibt die Eifel nun drogenfrei.« Jupp trank das Glas auf ex und Christof grinste ihn an, ohne ihn darauf hinzuweisen, dass es Menschen gab, die Alkohol ebenfalls als eine Droge sahen.

»Das ist wohl ein frommer Wunsch«, sagte Viola, die dankend den Selbstgebrannten ablehnte. »Es gibt immer mehr Heimplantagen. Mittlerweile kann man Anzuchtboxen kaufen, mit denen das kein Problem ist. Inklusive Beleuchtung und Bewässerungssystem. Kostet knapp fünfhundert Euro und der Eigenanbau kann beginnen ...«

Christof unterbrach seine Schwester. »Das ist doch jetzt nicht wichtig, Schwesterherz.«

Ingeborg klopfte mit einem Löffel an die Tasse. »Ich möchte euch aber auch etwas mitteilen. Wir haben Neuigkeiten.« Werner stellte sich näher an seine Frau und legte seinen Arm um sie. Christof lächelte. Was für ein schönes Paar, dachte er. Einen winzigen Moment dachte er an Sabine und verspürte einen kleinen Stich im Herzen. Aber auch das würde vergehen, beruhigte er sich.

»Werner und ich haben beschlossen, dass ich mich nicht nur auf das Dekorieren unserer wunderbaren Kneipe konzentriere«, sie betonte Kneipe und lächelte, »sondern mich dem widme, was ich noch viel lieber mache. Ihr wisst doch von Werners Ländereien, die zurzeit brach liegen. Eine Schande. Aber das muss ja nicht so bleiben. Uns ist eine gute Nutzungsmöglichkeit eingefallen. Ich werde Weihnachtssterne züchten. Neue Arten entwickeln und aufbauen. Das braucht natürlich eine lange Planungsphase und Anlaufzeit, dieses Jahr werde ich sie nicht verkaufen können, aber im nächsten Jahr werdet ihr staunen. Mir schweben lila oder auch mehrfarbige Züchtungen vor.«

Viola klatschte vor Begeisterung in die Hände. »Was für eine wunderbare Idee. Ich bin wahnsinnig gespannt.«

Christof kniff Ingeborg ein Auge zu. Sie hatte seine Idee aufgegriffen. Auf Weihnachtssterne wäre er jedoch nicht gekommen. Sie erwiderte das Augenspiel.

»Es geht bald los, ich habe bereits mit ein paar niederländischen Züchtern Kontakt aufgenommen. Die haben sich das vor ein paar Tagen angeschaut und waren angetan von den Möglichkeiten. Auch für das Marketing ist gesorgt. Eine Bekannte hat ein wundervolles, auf mich zugeschnittenes Konzept entwickelt. Von dem Logo bin ich völlig entzückt. Schaut mal.« Sie nahm einen großen Umschlag zur Hand und zog ein paar Entwürfe heraus. »Das ist mein Favorit.« Sie zeigte auf ein edel wirkendes, gezeichnetes Blütenbild. »Ab morgen ist die Homepage fertig, dann dürft ihr alle schauen und eure Kommentare abgeben. Natürlich gibt es Visitenkarten, Briefpapier und Flyer im selben Design. Ihr werdet Augen machen!« Alle nickten zustimmend.

»Das bedeutet, ich habe gute Chancen, dass ich mein Bier mal eine Zeitlang in gewohnter Umgebung genießen kann? Und mich nicht immer umgewöhnen muss?« Jupp nahm all seinen Mut zusammen. »Das hat mich wirklich sehr belastet«, fügte er hinzu.

Alle lachten. Auch er stimmte mit ein, obwohl es ihm anzusehen war, dass er nicht wusste, warum.

Werner wurde ernst. »Der arme Rudi. Er muss ein sehr einsamer und verzweifelter Mensch gewesen sein.«

Ingeborg widersprach und ihre Stimme bekam einen energischen Unterton. »Wie kannst du das sagen? Er hat den Jungen getötet und es als Unfall tarnen wollen. Die armen Eltern. Sie haben ein Recht zu wissen, wie ihr Kind zu Tode gekommen ist. Dann die Ratte und der manipulierte Bremsschlauch. Das war Vorsatz!«

»Es war kein vorsätzlicher Mord. Wenn ich es richtig verstanden habe, wollte er Sascha davon abbringen, groß ins Drogengeschäft einzusteigen. Die Ratte war doch ein dummer Scherz«, widersprach Werner seiner Frau, was Christof wohlwollend zur Kenntnis nahm.

»Nimm ihn ruhig in Schutz. Aber bei Drogen hört natürlich der Spaß auf. Zu Recht, wie ich finde. Denkt an Lisa.«

Christof glaubte nicht, was er aus Ingeborgs Mund hörte. Sie wurde noch nicht einmal rot. Sie war eine eiskalte Geschäftsfrau. Kein Wort mehr über die Cannabisplantagen. Ob Rudi ihr ernsthaft schaden oder ihr nur einen Denkzettel verpassen wollte, war nicht mehr herauszufinden. Christof war sich nicht sicher, konnte aber eine absichtliche Gefährdung nicht ausschließen, inklusive Tötungsabsicht. Rudi wollte die Drogenplantage verhindern — egal wie. Was aber auf jeden Fall sicher war, dass Ingeborgs Weihnachtssternzüchtung ein riesiger Erfolg werden würde. Dafür würde sie sorgen, mit allen Mitteln.

Werner wechselte das Thema. »Wir haben nun ein Problem.« Alle schauten ihn fragend an. »Rudi war unser Karl in dem Theaterstück. ›Fünf Flaschen‹ wird in zehn Tagen aufgeführt. Die Proben sind vorangeschritten. Wer übernimmt seine Rolle?«

»Das habe ich in der Aufregung ganz vergessen, ich muss noch meinen Text üben. Wann ist die nächste Probe angesetzt?« Jupps Augen glänzten.

Christof war sicher, dass Ludmilla ihm heimlich nachgeschüttet hatte. Mir wäre die Speiseröhre verätzt, dachte Christof und schüttelte sich.

»Das ist doch ganz klar. Wie brauchen einen dynamischen Mann. Kann auch etwas jünger als Rudi sein. Und da gibt es nur einen. Ich denke, das ist er uns schuldig, bei all dem Chaos, was er hier angerichtet hat.«

»Wer soll das denn sein?«, fragte Christof und hob abwehrend die Hände, als ihn alle anschauten und er langsam begriff. »Nein, nein, das geht gar nicht. Keine Chance. Ich muss weiter. Ihr vergesst, dass ich nach Frankreich will. Außerdem ist es ein Eifeler Stück. Ich wohne doch gar nicht ...«

»Junge, du bist hier geboren. Das reicht für die Aufnahmekriterien«, rief Werner. »Wunderbar, das wäre erledigt. Ludmilla, darauf noch einen Schnaps!« Dabei schlug er Christof freundlich auf die Schultern. Viola grinste ihn an. Ihr Mund formte die Worte: Einmal Eifel, immer Eifel.

Christof schüttelte heftig den Kopf. Die Bretagne und das Meer warteten auf ihn. Sein Sehnsuchtsort. Seine Traumgegend. Doch er wusste, er kam nicht gegen die Sturköpfe an. Blieb ihm nur, noch etwas länger davon zu träumen.

Liebe Leser,

Christof Maria Breuckmann ist mir ans Herz gewachsen. Als der Wurdack Verlag entschied, die Krimis aus dem Programm zu nehmen, habe ich beschlossen, Christofs beiden Abenteuer noch einmal zu überarbeiten und selbst herauszugeben. Ein dritter Teil folgt. Nun bin ich ein sogenannter Hybridautor, der sowohl in Verlagen als auch als Selfpublisher veröffentlicht.

Neue Cover mussten her und dafür habe ich eine professionelle Grafikerin beauftragt. Dinge, von denen ich bisher keine Ahnung hatte, musste ich mir aneignen: Buchsatz, Layout, Marketing. Und ich lerne jeden Tag dazu.

Wenn Sie neugierig geworden sind, wie es mit Christof Maria Breuckmann und seinem Wohnmobil, der Wanderschnecke, weitergeht, dann lege ich Ihnen »Rebenfluch« ans Herz, der in einigen Wochen überarbeitet erscheint. Und im Herbst wird es einen dritten, neuen, Band geben.

Auf meiner Webseite www.kerstinlange.com informiere ich Sie gerne über den aktuellen Stand.

Wir immer freue ich mich über Rückmeldungen und natürlich Ihre Meinungen. Scheuen Sie sich nicht, eine Rezension zu schreiben und zu veröffentlichen. Für Autoren ist es sehr wichtig, um wahrgenommen zu werden.

Ihre Kerstin Lange

REBENFLUCH
Christof Maria Breuckmanns zweiter Fall

EINS

Ramona schwitzte. Normalerweise fand sie das nicht unangenehm. Sie liebte Hitze, im Sommer konnte es ihr nicht warm genug sein. Bei 26 Grad zog sie ein Jäckchen über die Schultern und schwimmen ging sie nur in geheiztem Wasser. Doch jetzt spürte sie ihre nassen Achseln. Der beißende Geruch von Angstschweiß drang in ihre Nase. Die Übelkeit wollte nicht verschwinden. Sie stand regungslos am Fenster und stierte in die Dunkelheit. Nahm weder den leichten Schneeregen noch die vor sich hin schaukelnden Äste der Weide vor dem Haus wahr.

Vergeblich versuchte sie, die Anwesenheit des Mannes auszublenden, aber so sehr sie sich anstrengte, es gelang ihr nicht. Ein Blick zur Uhr. Seit einer Stunde saß der Fremde in ihrem Wohnzimmer. Eine Stunde, die ihr wie eine Ewigkeit vorkam. Er war nicht eingebrochen, nein, sie hatte ihm die Tür geöffnet, als er klingelte und um Hilfe bat. Er habe eine Panne, sei verletzt und müsse mal telefonieren. Vielleicht hätte sie auch ein Glas Wasser für ihn?

Sie verzog ihr Gesicht zu einer spöttischen Grimasse über ihre Naivität. Nichts Böses ahnend, ließ sie die Tür einen Spalt offen, um in die Küche zu gehen.

Als sie ihm das Wasserglas bringen wollte, saß der Fremde in Jörgs Sessel und sagte grinsend: »Hallo Ramona.«

Ihr Herzschlag setzte einen Moment aus. Sekundenlang war sie unfähig zu reden oder zu handeln. Wer war der Mann?

Was wollte er von ihr? Kannte er sie aus der Praxis? Sie war sich sicher, dass sie ihn noch nie behandelt hatte, also war er keiner der Stammpatienten. Blieben noch Urlaubs- und Krankheitsvertretungen sowie die Notdienste. Aber wie sollte sie sich an jede Schnittwunde, Prellung oder Erkältung erinnern?

Vor einer Stunde hatte sie noch Mut gefunden, um auf den Fremden zuzugehen, das Glas so fest haltend, dass die Fingerknöchel weiß hervortraten.

»Sie gehen jetzt besser!« Urplötzlich kam das Zittern, das Wasser schwappte über. Ihre Stimme hatte sie im Griff, ihre Hände nicht. Er lachte, laut und eindringlich. Ein böses Lachen, eins, das ihr eine Gänsehaut auf dem Rücken bescherte.

»Nicht aufregen«, sagte er und wedelte mit einer Pistole, oder einem Revolver — sie kannte den Unterschied nicht — hin und her. Warum bedrohte ein Fremder sie mit einer Waffe? Ihre Gedanken überschlugen sich, sie konnte keinen klaren Satz formulieren.

»Kennst du mich nicht mehr?« Wie viele Patienten bildeten sich ein, dass man sich nach nur einer Begegnung noch an sie erinnerte? Sie müssen doch noch wissen, ich bin die mit dem Katzenbiss, Prellung, Gehirnerschütterung? Die Gesichter waren austauschbar, ebenso die Krankengeschichten. Wenn er jetzt von der Lungenentzündung, Gastritis oder Magen- und Darmerkrankung erzählte, würde sie schreien.

»Ich bin sicher, du erinnerst dich. Bald, ich helfe dir. Im Moment brauche ich allerdings deine Hilfe.«

Er grinste erneut, als er ihren Gesichtsausdruck sah. Doch dann stoppte er abrupt das Feixen, stöhnte auf und fasste sich an den linken Arm. Erst da bemerkte sie, dass er blutete. Er folgte ihrem Blick.

»Einen Verband hast du sicher für mich. Du bist ja vom Fach. Dein Mann kommt in zwei Tagen wieder. Bis dahin bin ich weg. Keine Angst.« Wieder sein Feixen. Ein Albtraum, aus dem sie nicht aufwachte.

»Wer sind Sie? Woher kennen Sie mich? Woher Jörg?« Fieberhaft überlegte sie, während sie das Verbandszeug holte, wann und wo sie ihm schon einmal begegnet war. So sehr sie sich auch anstrengte, es gab kein Erkennen, keine Erinnerungen. Routiniert säuberte sie die Wunde, legte den Verband an. Sie ignorierte die Waffe in seiner anderen Hand. Trotz seiner Verletzung am linken Oberarm wirkte er hellwach. Eine Schnittwunde, die böse aussah. In was zog der Fremde sie hinein?

Ihr fiel der VW-Bus ein, den sie in den letzten Tagen häufiger aus dem Küchenfenster vor dem Haus beobachten konnte, worüber sie sich aber weiter keine Gedanken gemacht hatte. Sie biss auf ihre Unterlippe. Sie hatte sich sogar kurz mit ihm unterhalten. Was, wenn er sie und ihre Gewohnheiten auskundschaften sollte? Waren sie und ihr Mann potenzielle Opfer für Homejacking? Sie kannten keine finanziellen Probleme, Jörg verdiente gut, sie lebten auf großem Fuß. Das Haus stand abseits, war von den Nachbarn nicht einsehbar. Selbst der Anbau für den Schwiegervater wirkte wie ein selbstständiges Haus. Aber Statussymbole besaßen sie kaum. Computer, Fotoapparat, ein paar Schmuckstücke. Das einzig Wertvolle war ihre Uhr, die ihr Jörg geschenkt hatte. Ramona machte sich nichts daraus, trug sie aber gerne, um ihrem Mann zu gefallen.

Der Fremde verzog das Gesicht vor Schmerzen, als die Wunde versorgt war und sie den Verband mit einem Stück Pflaster zuklebte. Ihr Gehirn arbeitete auf Hochtouren. Sie suchte nach einer Lösung, einem Ausweg. Trotz seiner Verletzung war er hellwach und aufmerksam, ließ die Waffe nicht los. Er gestikulierte einige Male mit dem Revolver. Oder war es eine Pistole?, grübelte sie erneut.

»Egal, was du gerade überlegst: Du lässt es besser und tust einfach, was ich dir sage, Ramona. Ich sitze am längeren Hebel. Sonst endet es wie der Streit zwischen deinem und meinem Vater.«

Sie hörte seine Worte. Im Schneckentempo drang die Bedeutung in ihr Bewusstsein. Erinnerungsbilder, die wie aus dickem Nebel auftauchten. Genauso schnell verschwanden sie wieder. Doch ein dicker Kloß im Hals blieb. Ihr Papa.

»Wer bist du?« Unbewusst wechselte sie zur vertrauten Anrede. »Was willst du von mir?«

»Jetzt habe ich Durst. Ich sehe, ihr seid Wein- und Whiskyliebhaber.« Er zeigte mit der Waffe auf das Regal. »Einige Weingüter erkenne ich. Das bleibt im Blut, nicht wahr? Aber ein Whisky wäre mir jetzt lieber. Wie im amerikanischen Krimi. Passt besser zur Situation. Mit Eiswürfeln, Ramona.«

Sie stand auf. Wider Erwarten gaben die Knie nicht nach, sie setzte einen Fuß vor den anderen, auch ihre Stimme klang normal. »Was für einen Whisky möchtest du? Single Malt? In der Küche habe ich eine angefangene Flasche.«

Der Fremde grinste. Sie wusste immer noch nicht, wie er hieß und wer er war. Ein Geist aus der Vergangenheit. Aus einer Zeit, die sie verbannt hatte, die es für sie nicht mehr gab.

»In der Küche?« Er lachte. »Komischer Ort für einen Whisky. Lässt tief blicken. O. k., dann nehme ich den Lieblingswhisky deines Göttergatten. Stell dir vor, du würdest ihm jetzt einen Aperitif bereiten. Der Gedanke gefällt mir. Aber bitte in einem dicken Glas und die Eiswürfel nicht vergessen. Wie in einem Filmklassiker mit Humphrey Bogart.«

Sein Lächeln wich einem diabolischen Grinsen. Ramonas Bewegungen wirkten wie ferngesteuert. Sie sollte erwidern, dass man einen guten Whisky nicht in dickwandigen Gläsern mit Eiswürfeln trank, sondern maximal mit ein paar Tropfen Wasser versetzte und in dünnen Gläsern, ähnlich einem Bordeauxglas servierte. Während ihrer gedanklichen Belehrung fiel ihr die Rettung aus diesem Drama ein. Es war ganz einfach, so simpel, dass sie grinsen musste.

In der Küche stand sie mit dem Rücken zu dem Eindringling, war unbeobachtet. Sie öffnete den Schrank, in dem die Wassergläser standen und atmete auf, als sie die Flasche sah. Ihre Allergie-Tropfen. Antihistamin machte müde. Sehr müde, wenn man zu viel davon nahm. Der Inhalt der fast vollen Flasche würde ihn schläfrig werden lassen. Zwei, drei Minuten reichten, um die Polizei anzurufen und aus dem Haus zu fliehen.

»Und mach keinen Blödsinn, ich sehe dich!« Seine Stimme klang matt. Sie nahm das Glas und drehte sich zu ihm um. »Ist das Glas genehm?«

Er nickte. Sie wusste, was in ihm vorging, wie er sich fühlte. Sein Adrenalin ließ nach, er fühlte sich in Sicherheit. Ablenken, sie musste ihn von ihrem Tun ablenken.

»Wie ist das passiert? Woher kommt die Verletzung?« Während sie sprach, öffnete sie den Kühlschrank, dessen Tür sie und ihr Tun verdeckte. Sie nahm die Flasche mit den Tropfen aus dem Regal, entfernte die Tropfvorrichtung, kippte den gesamten Inhalt ins Whiskyglas, gab zwei Eiswürfel hinzu. Mit einem Schluck Single Malt sah das Getränk aus, wie ein Nichtwhiskykenner sich einen harten Drink vorstellte.

Er antwortete nicht auf ihre Frage. Sie drehte sich um, ihr Herz klopfte bis zum Hals, als sie auf ihn zuging und ihm das Glas reichte.

»Du trinkst nicht?« Sie schüttelte den Kopf, unfähig zu sprechen. Sie hielt sich an der Wand fest, um nicht umzufallen, falls ihre Beine den Dienst versagten.

»Jetzt erst mal auf uns! Prost.« Er hob das Glas, sein Lachen war widerlich. Er nippte, verzog das Gesicht. »Das ist die Krönung aller Whiskys? Single Malt? Er soll viel Geld kosten, aber ich schmecke das nicht heraus. Vielleicht muss man sich daran gewöhnen.«

Er wirkte auf einmal erschöpft, sein Gesicht wurde aschfahl.

»Setz dich«, sagte er. Sie tat, was er befahl. Und wartete. Was wollte er von ihr? Er gab keine Erklärung, trank stattdessen einen großen Schluck.

»Gewöhnungsbedürftig, aber wohltuend. Es war ein aufregender Abend.« Er kippte den kompletten Inhalt hinunter. »Du bist deinem Vater gar nicht ähnlich. Wäre er nicht so aufbrausend gewesen, hätte es ein anderes Ende gefunden.«

Sie hörte zu, doch seine Worte drangen nicht an ihr Bewusstsein. Sie wartete auf Anzeichen, dass die Tropfen wirkten. Wurde seine Zunge bereits schwer?

»Temperament ist nicht immer gut. Zuviel davon kann schaden.« Er starrte auf das Glas in seiner Hand. Hatte er etwas gemerkt? Ihr Herz klopfte bis zum Hals. Er sprach weiter. »Ich habe immer geträumt, eine Familie zu haben, den Hof zu übernehmen, den schon der Großvater meines Vaters sein Eigen nannte ...« Er brach ab, stellte das Glas so fest auf den Beistelltisch, dass er wackelte. Sie zuckte zusammen. Wurde er müde? Sie schaute zur Wanduhr über dem Türrahmen. Der Sekundenzeiger übertrat gerade die Zwölf und wanderte in nervenaufreibender Langsamkeit weiter. Sekunde für Sekunde.

»Aber das wird nichts mehr, wie du ja weißt.«

Es kann nicht mehr lange dauern, dachte Ramona und beobachtete ihn. Sie suchte nach Erkennungsmerkmalen. Erinnerungsfetzen gingen ihr durch den Kopf, ließen sich jedoch nicht greifen. In ihr breitete sich nur dieses ungute Gefühl aus, dass ihr Leben nicht mehr so sein würde wie früher. Das hier veränderte alles. Ihre Ehe, ihre Beziehung zu Jörg. Ihr Leben. Wenn sie morgen früh aufwachen würde, ginge sie nicht in die Praxis. Sie brächte auch ihrem Schwiegervater nicht die Zeitung. »Man hat ja Vorstellungen, wie alles mal sein wird. Mit Bildern von der Hochzeit und den Kindern im Kopf. Hattest du das auch?«

Sie schüttelte den Kopf. Sie lebte im Hier und Jetzt. Träume waren gefährlich. Seine Zunge wurde schwerer, er begann leicht zu lallen. Gähnte. Die Tropfen wirkten. Aufpassen, achtsam sein, ermahnte sie sich.

»Ich schon. Ich ...« Mitten im Satz fielen ihm die Augen zu. Sollte es so einfach sein? Sie machte einen Schritt auf ihn zu. Keine Reaktion. Durchatmen. Die Waffe war ihm aus der Hand geglitten. Vorsichtig, mit langsamen Bewegungen, griff sie danach. Er grunzte, sie zuckte ängstlich zusammen. Seine Augen blieben zu. In den Flur, befahl sie sich. Leise, bemüht keinen Laut zu verursachen, schlich sie aus dem Raum. Ihr Handy lag auf der Ablage. Sie packte es, ließ es fallen, erschrak über das Geräusch. Luftanhaltend, in ihrer Bewegung harrend, horchte sie, ob der Fremde etwas bemerkt hatte. Erleichtert atmete sie aus, kein Laut aus dem Nebenzimmer. Vorsichtig suchte sie auf dem Boden nach ihrem Telefon, die Waffe krampfhaft haltend. Es durfte nicht sein, dass sie so kurz vor dem Ziel die Nerven verlor. Als sie das Telefon in der Hand hielt, hörte sie die Stimme. Eiskalt und mörderisch. Sie blickte auf und sah ihn im Türrahmen stehen.

»Nicht so aufbrausend, aber genauso link und falsch wie dein Vater. Es bleibt in der Familie.« Er lachte nicht mehr. Seine Lider flatterten.

Sie hob die Waffe, dabei begann ihre Hand unkontrolliert zu zittern. Er schritt auf sie zu, bei jedem Schritt verzog er sein Gesicht zu einer schmerzverzerrten Grimasse.

Ihr Zittern nahm zu, doch sie konnte nichts anderes tun, als ihm starr ins Gesicht zu blicken, auf der Suche nach einem Rest Wohlwollen in seinen Augen. Seine Hand umfasste ihre, und sein harter Griff überraschte sie. Der Versuch, sich umzudrehen, dem Griff zu entgleiten, die Waffe nicht zu verlieren, misslang. Ihr Blick fiel auf die Vase. Etwas, womit sie sich wehren konnte? Und plötzlich kam eine Erinnerung, ein Bild aus Kindertagen. Ein Junge, mit dünnen Armen und viel zu dünnen Beinen, bei denen man sich fragte, wie sie den Körper trugen, der schüchtern vor ihr stand. Tüte.

»Jetzt erkenne ich dich. Es ist lange her. Was suchst du hier? Tüte, nicht wahr?«

Er zuckte zusammen, als sie den Spitznamen aussprach.

Sie sah seine Verwirrung, dabei arbeitete ihr Gehirn auf Hochtouren. Der Überraschungsmoment war ihre Chance.

Ohne weiter nachzudenken, ohne auf eine Reaktion seinerseits zu warten, packte sie die Glasvase und warf sie ihm entgegen. Er war angeschlagen, ihr Angriff schien erfolgversprechend. Während sie hoffte, ihn schachmatt zu setzen, sah sie, wie sich sein Finger krümmte. Aus Absicht oder ein Impuls? Der Schuss fiel. Ramona wunderte sich, dass sie keine Schmerzen spürte. Ihr letzter Gedanke kreiste um die Frage, ob sie einer Pistole oder einem Revolver ihr Ende verdankte. Es wäre wichtig gewesen. Irgendwie.